超なんでやねん

超なんでやねん　目次

第5章 フィンランドに惚れまくったのは、なんでやねん──139

第6章　殿ご乱心が、殿あっぱれに変わるのは、なんでやねん――167

第7章　「なんでやねん」と考疑心を持てば、「志」が生まれ、全力疾走できるのは、なんでやねん

超なんでやねん

プロローグ

「批判的思考」と訳される言葉が教育現場で注目を集めています。授業に取り入れている学校からは、これまでとは違う学力、これからの社会で生きていく力を育てようという意気込みが伝わってきます。「日本の子供は論理的に考え、根拠を示して伝えるのが苦手」。以前からあった指摘ですが、社会のグローバル化が進む中で教育関係者の危機感は高まってきています。

この文章は、確か日経新聞に紹介された記事ですが、「なぜなぜ」と問い続ける力が今の子供達に必要だというのは、私の「なんでやねん」の発想に大変似ていると思います。この問い続ける力を、私は自著で「考疑心」と名付けましたが、まさに現代人に不足しているものであると感じます。現在のように情報があふれていく世の中で、話を鵜呑みにせず、自分で考える力を持つことと、1割でも良いから疑ってみることが大切ではなかろうかと思うのです。この疑うという「クリティカルシンキング（考える力、批判的思考）」こそ、根拠に基づいた言動が出来る子供を育てる教育に通ずるものだと確信しています。

1. 現在《いま》をおかしいと思わなければ、「なんでやねん」の発想は生まれない

アメリカやフィンランドでは以前からクリティカルシンキングの教育が行われています。一方、大阪では「なんでやねん」とつっこむことで、原因を追求するというところがあります。私は先般『なんでやねん』、『新なんでやねん』、そしてこのたび『超なんでやねん』を出版いたしました。「なんでやねん」の発想は、現状を当たり前だと思い、今をおかしいと思わなければ、生まれません。真夏に36度の気温が毎日続くことに「暑いな」と思われる方もいれば、「この気象状況はなんでやねん」と考えられる方もいらっしゃるでしょう。

『なんでやねん』を出版した大きなきっかけは、エスカレーターに乗る際に大阪では右に並び、東京や名古屋では左に並ぶというところに「なんでやねん」と感じたことからです。アイスクリームやワイン、紹興酒に賞味期限が書かれていないことにも「なんでやねん」と感じたところからでもあります。

さて私は大阪教育大学附属天王寺小学校に通っておりましたが、小学校1年生から2年生の時に『なぜだろう、なぜかしら』という本をよく読んでおりました。この本には月の満ち欠け

や潮の満ち引き、表面張力や三角形の内角の和が180度であることなど、さまざまなことが書かれていました。それが今日の私の「なんでやねん」の発想に繋がっていると思っています。

世の中には見えるものと、見えないものがあります。見えないものこそが大事です。「人の行く裏に道あり宝の山」という言葉がありますが、皆の通っている道よりも少し回り道をし、前から横から斜めから見ることで、宝の山をたくさん見つけることが出来るのではないでしょうか。

南カリフォルニア大学の誇りである数学者リチャード・E・ベルマン教授は、いつも学生に「良い質問は答えより重要だ」と教えたそうです。私も「なんでやねん」と言うつっこみの方が、答えよりも大事だと思っています。「なんでやねん」と考える発想力を子供や学生、一般の方にも持っていただきたいと思います。そのため、「なんでやねん」の本には答えは書いてありません。答えは皆様に考えていただきたいと思うからです。

ノーベル賞受賞者の山中伸弥氏は大阪教育大学附属中学校・高等学校の後輩ですが、ノーベル賞を受賞し賞金をもらうと、それを世界のための教育に還元すること、世界中で講演することが求められるそうです。

また、青色発光ダイオードでノーベル賞を受賞した天野浩氏とも、講演会にてお話しする機会がありました。

このお二人に、「ノーベル賞を受賞出来たのはなんでやねん」と言うつっこみを入れると、たゆまぬ努力だと話をされました。１つの信念に向かってこられたとのことです。発想は「なんでやねん」ですが、その後は１つのことを追求する信念が必要ではないかと思います。

2. 現在《いま》のトレンドが分からなければ、「なんでやねん」は始まらない

現状をおかしいと思わなければ「なんでやねん」の発想は生まれてこないと述べました。やはり今がどんなトレンドになっているのかを見きわめることが、一番大事ではないでしょうか。最近の若者の思考を分析すると、格好の良い車に乗りたがらず、高級時計もしたがらず、マージャンもしません。しかしながら、古い物を大切にしておりエコロジーを重んじています。その根拠は三浦展氏の著書『シンプル族の反乱』という本にあります。ここに書かれている内容は、団塊の世代であるシンプル族の子供世代（現在30～40代）についてのことです。三浦氏がおっしゃるには、物にこだわらない、物を集めようとしない人が増えているとのことです。

商品開発においても、そのあたりにターゲットを合わせていかなければなりません。シャープやパナソニックがマーケティングを少し怠り、海外で機能をたくさん付けた商品を一生懸命売り出しましたが、アメリカでは多機能は求められておらず、安いサムスンの方が良かったという結果に終わりました。今の時代の若いターゲットの考え方に、合わせていくということが大事ではないでしょうか。

また、竹内一郎氏の著書でベストセラーとなった『人は見た目が9割』という本では、人は耳からほとんど入らず、見た目で判断するということが書かれています。その中の一節に、アメリカの心理学者アルバート・メラビアン博士の言葉があります。「人が他人から受ける情報の割合（感情や態度など）の実験結果によると、話す言葉の内容は7％にしかすぎず、残りの93％は顔の表情や声の質、服装、目線、マナー、ヘアースタイルなどで言葉ではない」

このように、人は話の内容よりも見た目で判断するようです、見た目ですべてを判断してしまう鵜呑み世代に忠告したいと思っています。「見た目が9割」と言いますが、その見た目が間違っている場合が多くあります。10割の中の1割で良いので、疑う心を持っていただきたいものです。私はその「なんでやねん」と疑う心を、辞書にはない言葉で「考疑心」と名付けました。「猜疑心」は恨みを含む言葉ですが、「考疑心」は単純になぜかということを考える言葉です。

ゆとり教育によって、何もかも見た目で判断し、鵜呑みにしてしまう世代に警鐘を鳴らし、「なんでやねん」と今一度立ち止まり、「考疑心」を持って論理的に考えてみる時期ではないでしょうか。

『なんでやねん』『新なんでやねん』に続き、このたび『超なんでやねん』を出版させていただくことになった根拠は、筆者も本年で古希を迎え、団塊の世代が超高齢化社会に突入しはじめた今、私世代だから言える「なんでやねん」があると思ったからです。身近なことから今起こる大切なことまで、とにかく疑問をもって物事を見ていただければと思います。ある人にとっては物の本質が見えてくることに繋がり、ある人にとっては人生のヒントに繋がるかもしれません。たかが「なんでやねん」、されど「なんでやねん」、そのような角度から本書を読んでいただければ幸いです。

第1章
2016年の伊勢志摩サミットで輪島塗ボールペン「雅風」が採用されたのは、なんでやねん

価格を守るべきなのに
価格競争するのはなんでやねん。
勝負すべきはデザインだ！

“お値段以上”で大ブレイク
ニトリの勢いが凄いのは、なんでやねん

本年2017年1月1日、地元の氏神神社である柴垣神社に初詣をし、引いたおみくじが大吉、しかも一番札という大変ありがたいおみくじを引きました。そのご利益は、東京で開催された2月17日のアジア経営者連合会で、小泉純一郎氏の講演を聞きに行き、その会の会長であるエイチ・アイ・エスの澤田秀雄会長兼社長や、ニトリホールディングスの似鳥昭雄会長、アパホテルの元谷拓専務と出会ったことに現れました。小泉氏の講演内容は、東日本大震災の折、トモダチ作戦で救援に来た空母の乗組員3000人のうちの300人に、何らかの被ばく症状が出ているとのこと。アメリカの病院で養生しており、日本のために救助活動をしてくれた海兵隊のために心からのお見舞金を3億円ほど送りたいので、いくらでもかまわないから本日寄付をしてほしいとのお話がありました。

そこで、驚いたのが同テーブルの似鳥会長が起立され、1億円を寄付すると発言され、満場の拍手が鳴り響きました。その講演の後、昨年2016年の伊勢志摩サミット・G7

で、私が創作し採用された輪島塗ボールペン「雅風」を小泉氏をはじめ皆様に贈呈出来たことは、大変有意義な出会いとなりました。昨年の伊勢志摩サミットは、同業他社の激戦の中、私の「雅風」が幸運にも採用され、さらに今回の出会いにより、政財界の要人の内ポケットに、あの「雅風」が収まったのは、「なんでやねん」と思わざるを得ません。

伊勢志摩サミットでただひたすら、バラク・オバマ氏をはじめ7カ国の要人に「雅風」をお持ち帰りいただきたいという強い「志」が実ったおかげで、その流れが新たな順風を起こし、私の人生航路を少しばかり変え始めたのではないかと思っています。『運はつくるもの』、『ニトリ成功の5原則』を読み、一週間後に似鳥会長と面談し、「ロマン」「ビジョン」「意欲」「執念」「好奇心」のお話を聞かせていただきました。まさに、飛ぶ鳥の勢いのニトリであり、今の時代を〝お値段以上〟にご活躍されている会長を目の当たりにし、このオーラが感じられるのは「なんでやねん」と思った次第です。

ベストは東京、大阪、京都、インバウンドの一億人時代が来るのは、なんでやねん

２０１６年のインバウンド数は２４０３万人、前年比約22％アップとなりました。２０１７年４～６月期の旅行消費額は前年同期比13％増の１兆７７６億円と過去最高となり、年間にすると４兆円を軽く超えます。１人あたりの消費額でみると、驚くのは英国、イタリア、フランスなどヨーロッパの人たちですが、総額で見れば中国、台湾、韓国、香港、米国の順です。インバウンドのベストはなんと言っても東京、大阪、京都、しかも伏見に人気があり、昨年日本の地価上昇率ナンバーワンが伏見だったのは「なんでやねん」と思います。政府は２０２０年、オリンピックの年にはインバウンド数４０００万人を目指しており、このままいけば10年後には1億人を突破することが予想され、20兆円の経済効果が期待されます。この予測は、アパグループが皇居のまわりに多くのマンションやホテルを現在建築中であり、元谷外志雄代表、芙美子社長の将来を見越した先見力と決断力に感服しています。さらに京都の民泊ブームは、超加熱気味であり、古い町屋を改造しインバ

ウンド対象の旅館が急増しています。私の知人の「くろちく」の黒竹節人氏は、最近京都四大花街茶屋町の上七軒に高級町屋をオープンしました。また、知人のイースト・インベストメント・キャピタルの加藤有治氏は、「ふりふり」という日本料理と豚しゃぶ専門店を京都新橋辰巳大明神裏にオープン、いずれもインバウンド目当てで大変にぎわっていますが、外国人の店舗や不動産購入も加速度的に増加しています。ニューヨーク、ロンドン、パリ、香港など世界の大都市に比べると日本の都心の地価はまだまだ安く感じられるのでしょう。また、日本全体で空き家が８２０万戸も有り余っているのに毎年、新築が90万戸出来るのも「なんでやねん」と思わざるを得ません。この情報は一昨年、大和ハウス工業の樋口武男会長に、私の高校時代の同級生の高井基次君の紹介で面談させていただいたときにお聞きし、中古マンションや一戸建ての再利用が来たるべくインバウンド一億人時代に合わせてリフォームすれば良いのに、なかなか進まないのは「なんでやねん」と思った次第です。なにかいいアイデアはないでしょうか。

日本は今や、自由主義経済圏において世界第2位の経済国であり、今後バイオテクノロジー、省エネルギー、環境問題などにおいては、その技術力を世界にアピールしていく能力がふんだんにあると確信出来ます。さらに、オリンピックに向かって、日本の良さをアピール出来るチャンスを得ており、今回ユネスコ無形文化遺産に認定された日本の祭りに使う山、鉾、屋台などはもとより、和食の文化、おもてなしの文化など、日本人本来の良さや、瑞穂の国日本の良さが世界の人々に認められ始めたことは、本当に素晴らしいことであり、これからの日本経済もさることながら、安心、安全、清潔、さらに勤勉、几帳面、時間厳守などが、大いに世界に伝えられるものだと思います。そういう意味からも、今の時代は日本の歴史から見て最高の環境にあると確信しています。それは、きっと世界の人々に一度は日本に行ってみたい、住んでみたいという気持ちを煽りたてるに違いありません。

百年以上継続している家業や企業が、先進国の中でわが国が圧倒的に多いのは、なんでやねん

昨年2016年4月より、芦屋大学で客員教授として「家業継承計画論」という授業で講義をさせていただいているのですが、企業をいかにして百年以上継続させるのかという話もしています。実は百年以上続いている企業は日本が最も多く、1位日本の約2万6000社、2位米国の約1万2000社、3位ドイツの約7500社、4位イギリスの約3500社です（2017年「100年経営の会」日本経済大学・後藤俊夫教授の資料より）。こうした歴史ある企業の一つの傾向として、ファミリービジネスが多いということが挙げられます。家族でがっちりと経営している企業ですね。それから、価格を守るということ、価格で競争してはいけません。勝負すべきはデザインです。しっかりとマーケティングをして、消費者が求めるデザインと機能を追求することだと教えています。ファミリービジネスには、ビジョンとコミットメントが大切であり、ファミリーのコミットメントなくしては、ビジョンは単なる夢や憧れにしか過ぎないものになってしまいます。すなわ

ち、ファミリービジネスは利害関係者、とりわけオーナーからの強いコミットメントを必要とするのです。巨大資本のグローバル化が進む中、外資による日本企業へのM&Aが加速度的に進んでくると予想されます。まさに、外資系ファンドによる日本買いが行われている現状を見ると、百年、二百年と続くファミリー企業の今後の在り方にも十分研究をしなければならないと思います。日本で一番長く続いている業種は酒屋であり、その次には不動産業、貸しビル業です。私を客員教授に勧めていただいた芦屋大学副学長の今岡重男氏は、株式会社クボタ（元久保田鉄工）に神戸大学経営学部を卒業と同時に入社され、本社人事労政部部長を経て、53歳で選択定年退職されるまでに勤務の傍ら不動産事業に着手され、成功されています。今岡氏から学んだことは、企業には世情に合わせた変動がつきまとうものであり、安定し維持発展していくためには、不動産ビジネスは欠かせないものであるということでした。企業は、「ヒト・モノ・金・情報」と言われていますが、そこに不動産を付け加えないのは「なんでやねん」と思います。さらに、芦屋大学比嘉悟学長は、昨年退任された大八木理事長の後任として理事長にも就任、学長と理事長を兼務され、「ぶれない心」をモットーに、元国体バスケット選手という経験を活かし、人間力を身につけるためのキャリア教育に渾身の力で取り組んでおられます。そのパワーに、経営者である私までも尊敬の念に駆られ、大変多く学ばせていただいたことに感謝しています。

日本の地中海、エーゲ海と言われる瀬戸内海の開発が遅れているのは、なんでやねん

今年7月21日、日本を代表する有名作曲家平尾昌晃氏が79歳で亡くなられた。平尾氏とは、新千葉カントリー倶楽部で毎年開催された平尾昌晃チャリティーコンペに10年ほど続けて参加させていただきました。1組に男子プロ1名にプラス女子タレント、また、女子プロにプラス男性タレントとして、一般人それぞれ2名1組の組み合わせであり、60組が同時にショットガンスタートする大会です。男子プロは芹澤信雄、金子柱憲、女子タレントは、鳳蘭、黛ジュン、辺見マリ、斎藤陽子、デヴィ夫人など楽しい思い出が残っています。もともと平尾氏は、私どものお得意先である札幌の大丸（元 大丸藤井）の故・宮田氏と同郷ということもあり、そのご縁でご紹介いただきました。平尾氏の代表作に、小柳ルミ子の「瀬戸の花嫁」があります。まさに、瀬戸の夕暮れ時は海面に映る沈む夕日の光が、眩しいほどに素敵な情景を醸し出します。私は今、元東京都知事の石原慎太郎氏から譲っていただいたヨットクルーザー「コンテッサ」を広島の観音マリーナに係留しており、瀬

戸内海の宮島をはじめ、瀬戸内海の島々を巡るクルージングを楽しんでいます。瀬戸内海は、魚も美味しく新鮮で、各島々には情緒があふれており、温泉もところどころにあります。この夏、岩城島の狐隠れ温泉や境ガ浜のベラビスタなど、クルージングを楽しみました。10月17日から実施された室料1泊40万から100万円の客船guntu《ガンツウ》は、ホテルと同じ常石造船が経営しており、メインダイニングは東京・原宿にもある老舗割烹「重よし」、寿司は兵庫県「淡路島 瓦《のぶ》」、和菓子は奈良県「樫舎《かしや》」が監修しており、JR九州のななつ星in九州や、TRAIN SUITE四季島、TWILIGHT EXPRESS瑞風の豪華クルーズバージョンです。四方八方海に囲まれたわが国日本、しかも瀬戸内海の島の数は大小合わせて3000とも言われており、しまなみ海道や瀬戸大橋など四国と本州を結ぶインフラも整っており、波もおだやかなこの素晴らしい瀬戸内海のマリン施設の開発が、もっと進んでもいいのではないかと思います。2010年から始まった瀬戸内国際芸術祭は、直島にあるベネッセアートサイト直島の美術館や生口島の平山郁夫美術館など、次第に進展していますがインバウンドの増加に伴い、日本の地中海やエーゲ海と言われるように、マリン施設の充実や大型クルーズ船の発着などのインフラをさらに進めて欲しいものです。

フードバンクがアメリカ並みに発展しないのは、なんでやねん

わが国では耳慣れない、フードバンクがアメリカなどで行われています。フードバンクという言葉は、食料銀行を意味する社会福祉活動のことで、まだ食べられるのにさまざまな理由で処分されてしまう食品を、食べる物に困っている施設や人々に届ける活動のことです。つまり、一方にあまっている食べ物があり、他方に食べる物に困っている人がいて、その食べ物をつなぐ役割をするフードバンクは、いわば、支援者と受益者をつなぐ仲人役をするものなのです。主に、加工品が中心となっているようです。また、流通での問題もありますので、加工品は需要予測よりも多めに作っているようなので、元々、賞味期限切れの商品は起こるものと言えます。

大上段に農業のことを取り上げるわけではありませんが、日本の穀類・野菜の人口当たりの生産量が、実は、世界トップクラスなのはご存知でしょうか。それなのに輸入に頼っ

ているのは、なんでやねん。農家での廃棄、出荷元や出荷先での廃棄、店先での廃棄などの、生産から流通の過程だけでなく、消費者に購入されてからも、多くの量が廃棄されているからです。余っている物を他に廻すなどという感覚は、いつの間にかなくなってきたのかも知れません。世界中に普及した「ＭＯＴＴＡＩＮＡＩ」の精神はどこにあるのでしょう。

このフードバンクのような事業を成すには、寄付する人や団体・企業、集めてまとめる団体、配送、配送の負担者、受け取り側の団体、配布する団体が必要になります。実は、フードバンクとは関係ないのですが、同様のことだったのかと思えることを行おうとしたことがあります。

食品ではないのですが、東北の大震災のおり、被災地に物資を送ろうと、関西の百社に近い企業に声を掛け、多くの企業に協賛するご返事をいただき、当時の震災担当の政務官の浜田参議院議員にお話をしに伺いました。ＳＯＳマッチングというサイトも立ち上げました。政務官は直ちに、霞ヶ関の担当者を呼ばれ、実行出来るよう指示されました。賛同していただいた、その政務官はご自身のブログにその経緯を掲示されました。

集めたものをまとめ、配送負担は当方でおこないますとお伝えしたのに、いろいろな要素はあったのでしょうが、受け取り側で、かつ、配布する団体にあたる現地の行政が余分な業務は出来ないとのことで、残念ながら、この事業は成立しなかったのです。

関西では、消費期限や賞味期限ぎりぎりの食品を並べているスーパーがあります。格安の値段であり、消費者もそれを納得した上で購入されています。さすがに、そのスーパーは下町を中心に店舗を広げておられます。購入後に、家庭の冷蔵庫に消費期限や賞味期限切れとなる食品が並んでいるのではないかとも言われていることを考えれば、腐りやすい食品以外は大丈夫なのかもしれません。

消費期限や賞味期限が近い食品を大量廃棄しているのに、「フードバンクがアメリカ並みに発展しないのは、なんでやねん」の答えは、案外、行政が介入することで可能なことのように思えるのは、私だけでしょうか。

食品ではないですが、一般商材の中で、同様なことを震災に限らず行えたらいいのですが。

デパートの売り上げが、ここ10年で半分になったのは、なんでやねん

なぜ、「百貨店」は衰退したか？　日本の小売業全体では約140兆円の売上規模がある。うち百貨店の売上高は約6・2兆円で、全体の4・4％にすぎない。バブル経済が崩壊する前の1990年頃は、10兆円近くの売上高と6％のシェアがあった。まさに「衰退の四半世紀」であったのは、なんでやねん。

デパート業界だけでなく、大型スーパーもさまざまな波をかぶり、大きな曲がり角にきています。大型スーパーではイトーヨーカドーとイオンが勝ち組とされていましたが、その2社ですら、イトーヨーカドーは傘下であったセブンイレブンにおんぶされている点が多く、イオンはコンビニ部門の吸収・再編がなければしんどくなっていくのではと言われています。

定価販売に近いコンビニが顧客を獲得でき、定価から値引きの多いスーパーのほうが苦

戦するなど、一部のコンビニ経営者以外では、一昔前までは想像もつかない事象だったのでしょう。

その一方で、食品スーパーや業務用スーパーが好調であるとのニュースも流れています。夢は専門店、普段着はユニクロ、紳士服は紳士服チェーン店、リビングはニトリやイケア、物を買うためのステージが大きく変わってきたのに、ついて行けない感覚と感性がデパート側にあったのは「なんでやねん」と思います。若者の感性の変化にいち早く気づくことが、重要です。

私たちが子供の頃ですと、流通では、町の市場や商店街と、デパートに大別されていたように記憶しています。その頃は、母親から「デパートに行くけど、ついてけーへん」なんて言われると、小躍りしたものでした。買い物より、デパートの食堂に行けるという期待感からだったかも知れません。

その頃の母親からしたら、何でも揃っているデパートは一番の楽しみだったのでしょう。

売り上げの中で、リビング用品、紳士服、外商などが、特に、落ちてきているのは、なんでやねん。デパート以外に顧客が流れています。購買層の意識が変わってきて、余分なサービスは要らんということかもしれません。「一番じゃないと駄目なんですか」と言った方がおられましたが、デパートが百貨店である必要があるのでしょうか、例えば、三十貨店であってはいけないのでしょうか。効率の低い売り場をもっていれば、世の流れに往々としてあるイレギュラーバウンドに対応するのは難しいのではないかと思います。

第2章

知っている、出来る と言いながら、 しないのは、なんでやねん

「出来る」と「する」とは違う。
「する」と「続ける」も違う。
「出来る」を部下に教えても
出来ないのはなんでやねん！

「いいね！」には、「どうでもいいね！」が含まれているのは、なんでやねん

子供のころ、「♪重いコンダラ」、「♪ウサギ美味しい」と思っていた友人がいました。思い込みで自分は理解していると思っていたようです。

今でこそ、こういった誤解はなくなってきたのでしょうが、一昔前では、東京から大阪に営業に出向いた営業マンが、「いいね！　よ〜う、わかったわ、考えときまっさ」と言う返事に対し、「やった、いけそうだ」と東京本社に報告したという笑い話がありました。私も、この言葉を無意識で使っていたかもしれません。

「いいね！　よ〜う、わかったわ、考えときまっさ」が、「よう調べてはりますが、そんなことはこっちのほうが、よ〜知ってまっさ。無駄やさかい、もう、来んでえでっせ」という意味の場合が多いという関西地域独特の営業言葉であるとは理解していなかったのでしょう。

こういった、言い回しではなくとも、肩にガンガンに力を入れてプレゼンするとき、マーケティングを重視し総論にページを重ねる会社が多いように実感しています。総論や背景はプレゼンを受ける側の会社のほうが詳しいわけですし、私の会社の経験でも同様です。「それで、どうするの」と、問い返すと、具体的な各論に魅力のないことが多いようです。特に、ソフト面でのプレゼンを受ける側としては、傍目八目《おかめはちもく》的で新鮮な提案を期待して、外部の会社と面談しているわけです。

私の知人から、ビール会社と話を交わすときに、相手が興味深く聞いてくれたのは、ビールの話よりも、クスリ業界やベンダー業界、メディア業界や百貨店業界などの話や地域性のことだったと聞きました。ビールメーカーにとって、直接的にはあまり関係ない世界かもしれませんが、規制や売り方に共通の要素が大きいからということだったらしいのです。

自分の会社の中にいると、どうしても、自分たち作り手側の都合の良い製品の設計、売り方の設計をしてしまいます。遮眼帯をつけた馬になってしまうことがあります。そのための検証であり、相談として外部の意見を知りたいのに、総論やおべっかを言われても、来てもらう必要はありません。傍目八目とは当事者より傍で見ている人のほうが対局者より大局観があり、八目先までわかるという囲碁の諺から来ています。でも、傍目八目の立場の人に対局者と同等程度に近い知識がなければ見ることなど出来るはずもありません。

たとえば、ルミナリエや、嵐山の商業施設、ガラス細工館など、全国どこにでもコピーとしてある、いわゆる、「金太郎飴のように観光地に同じような施設があるのは、なんでやねん」で、観光コンサルタントの中には、そのような通り一遍の提案をされる方も中にはいらっしゃいます。

売り手側が時には見失う・見落とす、買い手側の視点に立ち、かつ、少し背伸びすれば出来るであろう売り手側の能力にあった提案であれば、「どうでも、いいいね」ではなく、「いいね」のボタンをプッシュするでしょう。

リーダーシップを専門に、講義する大学や専門学校が不足しているのは、なんでやねん

50年以上前の話になりますが、深夜ラジオから「受験生ブルース」という歌が、よく流れていました。「♪おーいで、皆さん聞いとくれ、ぼーくは悲しい受験生、砂を噛むよな味気ない、僕の話を聞いとくれ」、「♪ヒトヨヒトヨニヒトミゴロ、フジサンロクニオームナク、サイン・コサイン何になる。オイラにゃ、オイラの夢がある」というような歌詞でした。今ほどではなくとも、その頃でも、高校生は受験中心の教育であったようです。そのような、「受験のためのお勉強」は、努力をしたなという思い出となっても、社会に出たのちサラリーマンとなる大半の一般的な人にとって、高校の授業は、どれほど役に立つものでしょうか。

大学では交友関係がひろがったという大きなメリットはありました。大学での授業をまじめに受けたと言いづらい者には、いう資格などないかもしれませんが、社会に出て大学での授業内容がそれほどプラスになったとは思えません。そんな私が客員教授とはいえ、

大学で講座をもっているのも不思議な話です。学問や大学とは何なんでしょうか。人々にとって役立つことを学ぶ、自分の生き様を習うものではないかと思っています。だから、私なりに社会で役立つ講座を心がけている次第です。

もっと若いうちに、頭の軟らかいあいだに、社会に役立つことを学び、研鑽すれば良かったと、社会に入ってから思ったものでした。今の若い方々が、社会に役立つことをもっと勉強しておればよかったと思われているかどうかは、私のまわりの人を見ているとやや疑問に思えます。それは、「指示待ち人間が多いのは、なんでやねん」、「自分の会社という意識がなくなったのは、なんでやねん」、「出処進退がはっきりしなくなったのは、なんでやねん」、「聞くということがなくなったのは、なんでやねん」、「立身出世ということばが官僚社会以外では、ほぼ死語となったのは、なんでやねん」、「プロセスがカットされいきなり答えにたどり着くのは、なんでやねん」、「知ってる、出来ると言いながら、しないのは、なんでやねん」と、実感するからです。確かに、覚える能力は必要ですが、出す能力こそ大切なのではないでしょうか。

特に、設問にいきなり答えを書くという、機械的な能力がないと受験戦争に勝てないのかも知れません。プロセスが人を人として育てるのではないかと、自らの目的を持ち、それに向かう目標を設定し、クリアしていくなかで進歩していくのではと思います。

スマホなどでナビを見ている人ほど、道に迷っている人が多いと聞きました。ＩＴ関連の発達はすぐに答えを出してくれます。人間の考える姿勢を取り去ったのかも知れません。プロ棋士でさえコンピュータソフトに負ける世の中です。過去データに頼るだけでなく、目的と目標をもち、新たな創造力、想像力の獲得が肝心と思います。

「リーダーシップを専門に、講義する大学や専門学校が不足しているのは、なんでやねん」ということは、リーダーシップを具体的に相手に伝えることの出来る、教える側の人間が不足していることに他ならない。つまり、象牙の塔の中だけでは、世の中で役立つリーダーシップを教えられないのかも知れないのです。リーダーシップとは、確固たる将来への戦略的目的・目標をもち、自ら行動するだけでなく、周りや部下をスイッチオンさせることの出来る能力を発揮することだと思います。そういう意味で私塾が存在するのでしょうが、アメリカのＭＢＡの内容を超えるシステムのように、大学に限らず、社会と将来展望と人を動かすノウハウを教え、実践体験の出来る場が必要だと思います。

知っている、出来ると言いながら、しないのは、なんでやねん

35年ぐらい前の朝のこども番組のキャラクターに、「ぽいっと」君という、今で言うところのゆるキャラが登場していました。遊んだあとの、お片づけの出来ない子供です。お片づけしなさいと親に言われると、「僕、できるもん」と答えるのですが、一切、お片づけをしません。

その当時は、○○ちゃんは、「ぽいっと」君じゃないから、お片づけ出来るよねと、世間一般的に、母親は、小さな子供たちに声をかけたものでした。

運動指導士の知人から聞いた話です。ある2階建のセミナーで講演と講演の間にセミナー主催者の指導で軽い体操が行われたとき、ある参加者が「痛くて、肩上がらへんのよね」と言っていたので治してあげたそうです。そのとき、周辺におられた他の運動指導士が、「それPNFやね」と傍観的に言われたので、内心、「知っているなら、施したれや」と思

ったそうです。知っているけどやらないという一例です。

出来るためには、知識ではなく実践出来るものとしても、知っていることが必要です。でも、知ってるって、なんでやねん。知るとは、耳をダンボにすることです。ある程度知っているほうが始末に悪いこともあります。それは、自ら規制がありすぎるからです。それほど、知らんから却って発想出来ることがあるようです。

知識をすぐに覚えられる人と、覚えられへん人がいるのは、なんでやねん。いろんな知識者と知り合いの多い人とそうでない人がいるのは、なんでやねん。

誰でも、新しい話を聞く機会は同様にあります。「年のせいか、昔のことはよく覚えているのに、最近のことは、すぐ忘れてしまう」という言葉を聞くことがあります。それは、忘れたのではなく、覚えてないからなのが多いようです。昔のことをよく覚えていると言われるのも、誤解でなんどとなく繰り返したから覚えただけではないでしょうか。そんなに、若いときは、なんでも簡単に覚えておれたのなら、東大にでもいけたはずではないでしょうか。そのとき、その時で必要にあわせ、脳は忘れる機能を持っているのです。

覚えるこつは、聞いたこと、学んだことを出来るだけ早く他人に言うことです。言いながら頭の中で整理し、自分の知識として定着させていくのです。知識人や著名人との接触も相手の方にこちらを認識していただければ、次の機会に進み、相談にまでいたる可能性も出てくるのです。認識していただく行動が肝心です。私の場合は、いろいろなアプローチの仕方をもっていますが、伊勢志摩サミットの各国首脳に渡された、当社の輪島塗のボールペンを示すことでも、新たにお会いする方々に好意を持って認識され、かつ、私どもをも好意的に認識していただくために有効なものとなっています。

「出来る」と「する」とは違います。「する」と「続ける」も違うのです。指示待ちでは出来ると言いません。「出来る」では知識で止まってしまいます。「する」には責任が伴います。「せ〜へん」のは知らんと同じです。「知ってる」は、聞くということがなくなったら、それ以上増えません。そして、「知ってる」は、「する」と同じ意味であってほしいと、思う次第です。ご自身の目的意識や目標を持つことが、知ってるを出来るに、出来るをするに、するを続けるに導くと思っています。

人に出来ることは自分でも出来ますって言い、自分で出来たことを部下に教えても、出来ないのは「なんでやねん」という愚痴を聞いたことがあります。伝わってないのです。伝わってないということは、言っていないと同義語です。リーダーシップのページでも述べましたが、目的をもち、目標を定め、実現のために協力者に伝える。伝えても、相手がスイッチオンしなければ、伝え方の工夫が必要だということです。

自社のベストワンが一般的商品なら商品より人を売り込んだ方がいいのは、なんでやねん

即戦力か、将来のために育てあげたい素材か。大いに迷うところがあります。それ以外にコネクション採用という方法もあります。コネクション採用の場合、見返りを期待してのものであるはずです。仮に、定年まで勤務したとして、40年間で給与2億円、間接経費を含め3億円として、コネクション先の企業の取り扱い収益が8%とすれば、37億5000万円の扱いが別途保証されてチャラです。オーナー社長のコネならいざしらず、担当役員程度のコネなら将来保証なんてあるわけはありません。育てあげたい素材ならいざ知らず、そうでないなら、コネ採用者は、当該の会社の担当として早期に回収するほうが良いに決まっています。

ある業界の昔のランクが1位の会社と3位の会社があったと思ってください。コネ採用者を、1位の会社はコネ先に関係のある業務をさせ、3位の会社は関係のない業務をさせ

ました。その3位の会社のほうが傍目には誠実に見えますが、今は他社に吸収されて名前だけしか残っていません。

コネにも即戦力を期待するのが当然だと思うのです。営業職の大半を、異業種の戦力から転職としている某社では、当然、元の専門業界での活躍を期待し、そのように配属しているとのことでした。売り上げは、その業界で世界第2位の企業です。

その某社のもう1つの特徴は、自社商品を売るより、人を売れと言うことらしいです。友人で学者や首長や知識人と親しくなるのが得意な人物がいます。その人物が言うには、「決まっていない仕事の話で1時間しゃべれますか。40〜50分は雑談ですよネ」ということです。相手の関心のある話や、同じような目線で雑談を交わすには、相手の立つ位置での話題と、さらに、傍目八目的にしゃべれて、かつ、相手の会いたい人を紹介出来る交友関係を持っていなければ、対等に見える話は出来ないと言われました。

相手のために役立つ情報を提供し、相手の信頼を獲得し、結果として業績が確保出来れば最高だという判断かも知れません。

オンリーワンの商品ならいざ知らず、自社がベストワンと思っているものが、一般的な商品です。以前にビール会社の仕事をしていた友人の話ですが、仕事に関連する業者ばかり集められた20人に3種類の新製品を試飲してもらい比べてもらった結果、違いがわかったのはわずか3人だったということでした。メーカー側ではなく、一般の方にとって違いがそれほどわからない商品なら、人間を売り込んだほうが、お得意様の心に届くという前提もありえるのかも知れません。

どんな会合でも外資系ライフプランナーに会うのは、なんでやねん。売り込みたいものより、相手先のニーズばかりを考える企業があるのは、なんでやねん。

繰り返しますが、相手の関心のある話や、同じような目線で雑談をするには、その業種での培われた知識をもっている人のほうが即戦力となるのは当然のことだと思います。

海外からの訪問客が増えて大阪地区がホテル建設ラッシュ予定なのは、なんでやねん

大阪地区だけではないようですが、つい近年まで青息吐息だった大阪地区のホテル業界を目の辺りにしてきたので、「大阪地区がホテル建設ラッシュ予定なのは、なんでやねん」と、かつては、思ってしまっていたようです。私がまだ大学生のとき、ホテルプラザが開設されました。大阪万博目当てだったのかも知れません。多分、神戸阪神間だけでなく、取引を通して大阪の企業にも大きな打撃を与えた大震災後からずっとこの前まで続いたホテル不況が、今ではその影も形もなくなっています。某一流ホテルでも、僅か5、6年前までボーナスがほとんど支給されていなかったということを聞いたことがあります。そのホテルもUSJ効果で売り上げが伸びているとのことです。

放射線技師は囲碁か将棋が強いという都市伝説があります。暇な時間が多いのではないかという意味らしいのです。30年ほど前の話ですが、某一流ホテルでイチゴのヘタだけと

っている人がいたそうです。人権費の見直しが必要ですよネ。１人の人が効率的に働けば経費節減になるとの考えは、スーパーホテルや、湯快リゾートの成功で明らかだと思います。

海外からの日本への訪問客が記録的に伸び続けています。ホテルの立地も変化してきたようです。業態は全く異なりますが、「アパホテル」や「スーパーホテル」、に注目している次第です。

ところで、アパホテルと言えば最近「アパ社長カレー」を発売以来２００万食達成したということですが、この度飯田橋駅南にアパ社長カレーショップ首都圏１号店をオープンしました。アパホテルの元谷芙美子社長が、「皆様カレーを召し上がり、華麗な人生を」と言って「アパ社長カレー」に、力を入れているのは、なんでやねん。

このたび、大阪で14番目のホテルがオープン、東京都内だけで70棟に比べればまだ少ないとのことです。東京に比べて大阪は、まだまだ土地は安いのかもしれません。

御堂筋本町駅東アパホテル
2017.11.7オープン
（アパカレーショップ併設）

中高年相手のパソコン教室が盛況

電子書籍、ネット販売が増えたのは、なんでやねん

知人が、大阪から東京へ行くのに深夜バスで2500円だったと話していました。印鑑の3点セットが6000円しなかったとも言っていました。気になったので、町の印章屋でみると、実印1点で1万3000円もしていました。

若い人たちに言わせると、「飲食店もネットで調べて内容を吟味し、割引券を印刷して出かける」とのことです。「必要なものが必要なだけ、画面で吟味しながら決断出来ます。しかも、中間を通さないから安いので、中高齢者も、ネットを恐れず、駆使することが良い」とのことでした。

「ネットでは、こちらの個人情報が知られてしまう」、「カード決済は怖い」。中高年に多いネットからの購入に対する垣根です。50代以上は途中まで、アナログだったわけで、何となく、デジタルに違和感があるのかも知れません。「今では、個人情報はせいぜいメール

番号程度ですみ、決済もコンビニ決済ですむため、カード番号を提示する必要もないのですよ」と、先程の若者に言われてしまいそうです。一方、中高齢者相手のパソコン教室が盛況であるとの話も聞いています。ネット販売を利用することで、購入金額の無駄がなくなるのですが、そう思っても、一歩踏み出すには、何歳になっても、コペルニクス的な大事件です。

電子書籍からヒットし、映像や一般書籍になったものも多く数えるようになってきました。書籍発行には基礎的に大きな金額が動きます。広告の世界や広報の世界でも、その安さからインターネットが注目されています。書籍も著者側にとって、自費出版と比して金額のハードルが低く、かつ、一気に書き上げることもなく、世間の評判を感じながら、それをまとめ上げて、書籍に発展させていくことも可能かも知れません。ひょっとしたら多くの読者がつき、後押しをしてくれるかも、知れないのです。

しかし、そうは言っても、団塊の世代にとって、ネット購入までがリミットで、書かれている電子書籍を見ることはあっても、作者になるのはハードルが高そうです。でも今回は電子書籍も試してみることにします。

「ここだけの話」はあなたが聞いたときはもう遅いのに儲け話にとびつき、投資詐欺にあうのは、なんでやねん

「あんただけに教えるんやで」。儲け話だけでなく、とんでもない人を紹介するという話まで、さまざまな美味しいと思われる話が持ち込まれることがあります。若い頃には、どこで調べたのか、ここだけの話があるので、会ってくれませんかとの電話が多々入ることがありました。大学の同期の友人としゃべると、「俺とこにも、同じ話が来たで」、と言うではありませんか。当時は同窓会名簿が簡単に手に入る時代だったので、その名簿から順番に電話をしていたのでしょう。いろいろな企業・団体を名乗る勧誘者から、私は、「そんなに儲かるなら、ご自身でやられたらいかがですか」と答えるようにしていました。

「儲け話」というものは、手を変え、品を変え、「ここだけの話」という誘い言葉とともに、現れては消えます。世界的かつ合法的なマルチ商法のA社やNS社は上陸から始まり、一般的な認知の段階まであっというまに広がり、その紹介の単行本もベストセラーとなっ

たものです。いまでも、それらは書店に並んでいるでしょうか。商品が良い（多分、あれほど普及したので良いのかもしれませんが）か、悪いかは別として、その販売システムに早い段階で参加した者には夢のような儲け話があったようですが、理論的に国民の大半に普及したとしても（その規模までいくことはないでしょうが）、末端では儲かるシステムになどなっていないわけですから、美味しくないシステムになったとたん、一般の興味は失せ、書店にならぶことはなくなったのではないでしょうか。

ここだけの話があったとしたら、あなたに来る確率を考えてみてください。もし、あなたが一般人だとすれば、そんなに知らない人から美味しい話が来るわけがないと思われませんか。

だから、儲け話は、タイミングです。「やるなら、今ですよ」という甘い勧誘の言葉が追い討ちをかけます。A社やNS社のように一般消費の商品が介在するならまだしも、例えば、「永久エネルギー」がありますよといった話には、まず眉に唾つける必要がありそうです。

手を変え品を変える振り込み詐欺にも引っかかるようです。コンピュータ・ウィルスを例にとらなくとも、騙すほうのテクニックは変な意味で、最高の営業マンと言えそうです。そんな、美味しい話が私のところに来るはずがないと、はじめに、自分をさめた目でみる、もう一人の自分が必要なのかも知れません。

煙草のページでも取り上げていますが、電子煙草が大人気です。初期発売の頃は、ずいぶん高値のプレミアつきでネット上で取り引きされていました。現在でも、そこそこのプレミアがついているようです。コンビニで買い占めて転売するのは、あまり正しい商売のあり方だとは思えません。通常の神経では如何かなと思えます。

オレオレ詐欺のようなはじめから騙そうとする話もありますし、儲け話にはリスクが伴います。必然的な儲け話は本業でやりたいものです。

サービス業の利用客が多いのは土日なのに、役所が土日に開いていないのは、なんでやねん

役所は究極のサービス業であり、首長は住民のためにつくす究極の営業マンであると知人の村長から聞かされました。大変、納得したものです。以前の国鉄がＪＲとなり人員が減ったにも関わらずサービスが向上したことを思い出します。大きな意識改革があったのではないかと想像しています。

役所にいくためだけでは、休暇を取りづらい一般的なサラリーマンにとって月１、２回でも、日曜日に役所があいていると助かるものです。公営の図書館では土・日は開館しており、週に一度、平日に閉館している自治体が多いようです。図書館が土・日に開館していて、役所本体は土・日に閉まっているのは、なんでやねん。

同じように、ほとんどの大手銀行の窓口業務が、午後3時で閉まるのは、なんでやねん。

それでも、りそな銀行は夕方まで開いています。大いに助かることがあります。日曜日を必ず公休日とする必要はないわけで、労使交渉で公休日の設定締結は出来るはずです。究極のサービス業である役所が住民のためを考えるなら、日曜の一部を公務日に変えることを考えてもいいのではないかと思うのは間違っているのでしょうか。住民の便利目線など思考の外なのでしょうか。何のために、どんな思いで地方公務員になったのかということから見直せねばならないのでしょうか。

役所の言い分としては、「市民サービス部門だけ開けるのはコンピュータが連動しているので無理、役所全体で開けるのなら可能であるが、他の部門を土・日に開ける必要はないのではないか。図書館はコンピュータが連動していないから問題はない」ということになるようです。

整理整頓が苦手な人が多いのは、なんでやねん

便利よりも不便の解消

ファイリングの会社の立場から、特に、書類等の整理整頓が苦手な人が目に付きます。その人たちにも言い分があるようで、片付けたほうが必要書類の所在がわからなくなると異口同音に述べられます。そんな人でも整理出来る、もっとファイリングしやすいグッズが必要なのかもしれません。ファイリングのための商品を開発・製造・販売している会社を経営しているのですが、とんでもない友人がいます。なんと、企画書や書類がダンボール10個以上、常用しているUSBが10本以上あると言うのです。それでも、少しは反省して、最近のだけでも整理したいとのことです。

パソコン全盛時代に、紙ベースが必要なのですかと聞きますと、印刷機に互換性がなく、相手にメディアで渡すことも出来ない以上、紙ベースが以前にも増して必要になったとの返事です。それ以上に彼が欲しているのは、帳面とファイリングの一体化だと言うのです。

アイディアはどこで浮かぶのでしょうか。アルキメデスの昔から、歩いているとき、風呂、トイレ、寝ているときと相場は決まっているようです。リラックスしているとき、どっぷり浸かってないときにふと浮かぶものかも知れません。変な友人は、朝起きたら枕元にA４のメモが何枚も出来ていることがあると言うのです。それも、快調なときか、その逆に疲れているときだと言うのです。

歩いているとき、風呂、トイレでも使えるＫＪメモ帳、一冊のノートに書き続けた後で、ミシン目があって、手で切り取れるノートとセットの色違いで表紙に書き込める専用ファイルのセットが欲しいと言われました。商品開発に便利を求めることより、不便の解消のほうが実際的なのかも知れないとも思ってしまいました。

「最近の若い人は、聞くということがなくなったのは、なんでやねん」。ということを耳にすることがあります。ひょっとしたら、聞き方、収め方を知らないだけで、頭の整理整頓が苦手なのかもしれません。日ごろの生活でナビやスマホに頼り、聞きとめることも理解することもなく、指示されたことのみですむ世界を作り上げてしまうと、創造力も想像力もなくなってしまうのではないかと危惧している次第です。

それにしても、「ナビを持っている人が道に迷っているのは、なんでやねん」。

図書館の閲覧場所が中高年に占められているのは、なんでやねん

どこの会社のCMか忘れましたが、「亭主、元気で留守が良い」というキャッチコピーが、何年か前に大ヒットしました。幸い私は現職をもっているのでそういう境遇ではないのですが、周りの知人・友人たちを見ていると、当時ではなく、齢《よわい》を重ねた今でこそ、納得出来るコピーだと思います。

図書館で書籍ではなく、雑誌や新聞を見ている多分リタイヤ組と思われる中高齢者が多いとのことです。先日、某市の図書館を覗いたのですが、平日の午後、雑誌・新聞の閲覧場所におられた約20人の閲覧者の全てが、見た感じ60~70歳代の男性ばかりでした。定年後の再雇用という恵まれた人でもない限り、60歳を過ぎてからの中高年（ここでは、あえて、おっさんと書かせていただきます）の再就職の道は、最低賃金＋α程度の仕事しかないのが、現状です。

年金受給開始までの生活は、退職金と貯金の取り崩しで繋ぐしかありませんし、年金受給しても、年金だけの生活は無理なので、やはり、退職金と貯金の取り崩しになってしまいます。リタイヤ組の、おっさん（という言い方は誤解を招きそうですが）は、十分に働いた後の人生、退職金と年金で生活出来ると、思っています。それなのに、生活出来るだけの年金をもらわれへんのは、なんでやねん。

時間のあまっているおっさんに趣味を持てと言うけれど、おっさんには、会社を離れると交友もほとんどなく、手持ち無沙汰で、今まで年数回のゴルフ、パチンコ、競馬、野球観戦程度しか趣味と言えるものがなかったのに、他の趣味を今更持てるはずもありません。「悠々自適は絵に描いた餅なのかと、ふと思うし、打ち消したいし」とのことのようです。

ところが、一方で、50代の女性の働き口は多く、おっさんと違って、仕事と関係のない、コミュニティーや仲間もあり、娘たちとのデートもある。おばはんの思いとしては、私の自由の束縛せんといて。私にも、お付き合いがあるのよ。会社勤めの間は、遅くしか帰ってこなかったのに、ず〜っと家におられるのは大迷惑。私は「あんた」の家政婦じゃない。毎日、毎回、メシ・メシというオーラを出さんといて、現役時代の「あんた」の夕食は無い日もあったし、食べる日も20時以降やったやないの。

「あんた」は私より10年早く（夫婦の平均年齢差3年と、平均寿命差7年の合計）死ぬんだから、後の10年のためにも、なるだけ退職金と貯金の取り崩しはしたくない。大体、取り崩したらすぐなくなるのがお金なのよ。だから、私はパートに行っているのに「あんた」には自覚がない。とにかく、働かないのはいいとしても、四六時中、家におられると「うっとおしい」。だからと言って、ゴルフやパチンコ、競馬や釣りなど、お金のかかることは、せんといてよ。というのが一般的なのかも知れません。

亭主元気で留守が良い。おまけに、お金をもってこい。おばはんの声なき声が何となく、聞こえだします。お金もあまり使えません。実は、図書館も山歩きも限界があるし、本当は楽しくありません。でも、ほかに行くところを思いつかないという、おっさんの気づきとなっているようです。家でテレビを見ようと思っても、見たい番組はありません。若者相手の番組ばかりです。民放は、スポンサーあってのものですから、購買層を狙った番組作りであるのは当然なのですが、それなら公共放送で中高齢者向けの番組つくられへんのかと、ごまめの歯軋りが聞こえそうです。

漫画の復刻版がコンビニに並んでいるのも、なんでやねん。本を読みたいから図書館に行っているのであればよいのですが、前述のような環境での時間つぶしであれば、今までの人生は何だったのとの思いが浮かんでこないでしょうか。そうならないための努力を現役世代の間につくりたいものです。

高野山に、キリスト教徒であるはずの欧米人の来訪者が多いのは、なんでやねん

爆買いは下火になりましたが、日本への国外からの来訪者は増える一方です。一昨年から本年にかけて目立つのは、伊勢志摩と高野山の来訪者です。日本の商品への興味ばっかりではなく、日本の自然や文化への興味をもつ来訪者が増えてきたとの報告があります。自然や文化には満足されて帰国されているようですが、ある調査によると、滞在期間中に日本人の誰からも一度も声をかけられなかったというのが第一の不満だということでした。たしか、「おもてなし」がオリンピック招致の決めてのフレーズではなかったでしょうか。薄情な国民性とは思えません。声かけられへんのは、なんでやねん。

伊勢・志摩と一括りで言いますが、志摩への外国の方々の来訪は、伊勢志摩サミットの影響が大きかったと近畿日本ツーリストから聞きました（私なりには、「サミットの各国首脳に当社の輪島塗のボールペンが贈られたのは、なんでやねん」という言葉も付け加えた

いのですが）。

ところで、何で高野山に欧米人の来訪者が多いのでしょうか。高野山のイメージはどうなのでしょうか。仏や伊など欧州の方々の行ってみたい外国の地域では、日本国内の第一に高野山がはいっているとのことです。特に富裕層が日本旅行に期待するのは、自然、文化、スピリチュアリティ、その上に、こころの通い合いなのかもしれません。

地域創生が高らかに叫ばれています。離れた他地域間との連携も地域創生では認められています。根底にあるのは、「人が増える」、「人が来る」、「地域での起業」です。それぞれが重なりあうことも可能ですが、地域行政もその行政にプレゼンする団体・企業も箱物に偏ってきた経緯があり、ソフト開発や人が増える仕組みなどは苦手としてきたことは否めません。

高野町（高野山のある行政区域）では、せっかく高野山に来られた来訪者に、和歌山県他地域や高野山近郊の奈良県や大阪府の一部を含め、地域観光や、産物紹介用展示・啓蒙を行う計画がなされています。同時に、ＫＯＹＡブランドの商品の開発を目指しています。「人が来る」には外国のかたがたの来訪も大きなテーマです。せっかく、来られている地域から、他の地域を紹介するという共同事業もあって然るべきではないでしょうか。高野山や伊勢志摩が発端となって各地に広がればと思います。

左から、高野町・平野町長、著者、野原氏、鳥居氏

２００４年、熊野・吉野大峯と共に「紀伊山地の霊場と参詣道」として世界遺産に登録された和歌山県の高野山は、２０１５年で開創１２００年記念大法会が執り行われました。今や真言密教の聖地としてだけではなく、観光スポットとして国内外から多くの人が訪れます。高野山は、標高８００ｍの山上盆地に、真言密教の根本道場として空海が弘仁7年（８１６）に創建した「金剛峯寺」をはじめ、数々の寺院が建設されました。中でも、高野山別格本山清浄心院の宿坊などに泊まり、心静かに落ち着いた悠久のひとときを体感することが出来ます。高野町の平野嘉也町長は、世界へ向けて情報の発信に邁進されており、高野山名物の濱田屋のごま豆腐をはじめ、高野ワインなどの普及にも力を注がれています。

日本には復興力があると言われているが、国ではなく、住民に復興力があったのは、なんでやねん

確かに、日本の戦後の復興力は目覚しいものでしたが、それは欧州を含め世界がかつて経験したものです。それ以降では、台風被害を除いても、北海道沖津波、島原土石流、新潟地震など多くの自然災害がありました。とりわけ大きな災害が、阪神・淡路大震災と東日本大震災です。東日本大震災の復興はまだまだこれからのものだとして、日本人に復興力があると言われているとすれば、阪神・淡路大震災後の復興力であると考えられているのでしょう。

阪神・淡路大震災から20年＋2年、その年には地下鉄サリン事件もありました。地震そのものの揺れでは、未曾有のビルの倒壊、高速道路や鉄道架線の倒壊がありました。

阪神・淡路大震災では、一般の被災者の方々に対する国の補償がほとんどなかったのは、なんでやねん。隣同士でも倒壊した建物とほとんど無傷の建物があるのは、なんでやねん。

活断層に対する知識のあった人が震災を免れたのは、なんでやねん。活断層を知りながら自分ごとでないと思い、無視した人がいたのは、なんでやねん。救援物資の到達するところとしないところがあったのは、なんでやねん。いろいろななんでやねんがありました。阪神・淡路大震災で全壊となった中で一番住戸の多かった（２１４戸）芦屋のマンションに住んでいた友人がいました。テレビや雑誌に一番多く取り上げられたマンションなので、記憶されている方もおられるかも知れません。建物を支えるＰＣ杭がへし折れ、修理不可能となったマンションです。

阪神・淡路大震災後にどれほど復興したのでしょうか。当事の村山政権で神戸阪神地区に数兆円の金が投下されたとのことでしたが、一般の被災者への見舞金は皆無に近く、壊れた公共施設や道路の整備や「この際」を利用した施設に拠出されただけです。一般の住民に配られた金額のほとんどは義援金からのものです。

それは、全壊や半壊の家屋について、住んでいる人に配られたもので、収入制限がなされていました。そのため、賃貸、つまり持ち家でない方に厚く配られたのもたしかです。持ち家の倒壊した中堅以上の方々にとっての見舞金は、ほんの僅かでしかなかったのです。現実には、今でも、空き地が多く点在しているなど、メディアでは取り上げようとしないのです。ところが、主要な道路から見える目立つ場所の多くは復興されているのです。

阪神・淡路大震災で、社員や友人に多くの罹災者があった者として、言わせてもらうと、国に復興力があったとは思えません、住民に復興力があったとしか言えないと思います。

神戸・西宮・芦屋の人々は、地域に対する思い入れがとてつもなく大きいと考えられています。この地から離れたくないという意識です。また、収入がそこそこの人が多く、神戸の一部の企業を除き、企業の被害が壊滅的でなかったから個人の復興がありえたと言えそうです。

全壊マンションのローンと、その後に転宅したマンションのローンの二重ローンになっている友人がいます。新たなマンションのローンの最終が85歳などというのが正常な話なのでしょうか。国は何の補償も何故しなかったのでしょうか。個人の財産は個人が守るという前提を覆そうとしなかったのです。地質を扱う大学では、震災に強い場所と弱い場所が示されている地図が出されていたことを地震の後で見せてもらいました。

復興力は国民にあります。復興しようとする人々に手を差し伸べる人や企業があれば、復興のスピードは速くなるのではないでしょうか。願わくは、阪神・淡路大震災のときのようではなく、東日本大震災における国の復興計画が、住民のためであることを祈念しています。

都心に、今、住宅を求めるのは、なんでやねん

地域創生の最大テーマは、人が増える、人が来る、地域で起業が興る、健康になるということらしいのですが、都心に、今、住宅を求めるのは、なんでなのでしょうか。

昼間人口と夜間人口のデータは、毎年のように発表されています。昼間人口の多い市町村が隣接市町村との共同事業を行うと出る補助金もあります。地域起こしでは、婚活事業にさえ補助金が支給されます。

利便性か住環境か、これが昔から掲げられているテーマです。一方で、第1章でも述べましたが、空き部屋が820万戸以上も有り余っているのに、毎年、新築が90万戸も増えていくのは、なんでやねん。という、数的な流れもあります。

江戸時代の大坂の商人は船場島之内に店を構え、居は西方に構え、ひと段落すると西方の（今でいえば別荘ということになるのかも知れませんが）住まいで過ごすというのがステー

タスな暮らし方だったとのことです。つまり、大坂の西方で住宅地として発達したのが、西宮・芦屋だったというわけです。

地域に目を向けると、例えば、熊本市に隣接の合志市のように、大都市近郊で人口が増えている市町村もあります。それには市町村の努力があるようです。利便性に勝てるだけの施策がないと、大都市に負けるのは当然かも知れません。住環境だけでなく、教育、健康施策、等々、安心と安全と満足を期待出来る施策があるかどうか、町をあげた対応ができるかどうかです。

過疎地という設定があるとします。人口減少や交通網などさまざまな用件もありますから、総務省の過疎債をつかってさまざまな事業の補助・助成を行っています。5年ほど前までは、過疎地のない都道府県が3箇所あったのですが、そのうちの1つであった大阪府で千早赤阪村が過疎地と認定されましたので、全国2県だけになりました。因みに、和歌山県は和歌山市と橋本市以外の市町村は全て過疎地とされています。

過疎地域の20年後はどうなるのか、消滅予測まで出されているのです。過疎地が多い、または増えているということは、逆に、都心の住民が増えていることの裏返しです。市町村の努力はもちろん必要なのですが、スタッフが足りません。新たなソフト事業なら経験が伴っていません。住民税等の収入も少なく、総務省からの特交でかろうじて赤字のやりくりをしているだけです。

だが、本当にそうなのでしょうか。支援隊の活用は考えたのでしょうか。他地域にまたがる地域創生のソフトを考えたのでしょうか。ふるさと納税の新機軸を考えたのでしょうか。ナイナイ尽くしで、新規の業態を初めから諦めるなら、ますます、都心に、住宅を求めるのが当然のトレンドになってしまうのではないでしょうか。

モリ、カケがあるのに、ザルがないのは、なんでやねん

30年ほど前だったと記憶しているのですが、地方でしか流してないCMも含めて、日本中のおもしろCMを紹介する「おもしろ探偵団」という番組がありました。ご存知ない方は、「ケンミンショー」のテーマがおもしろCM番だと想像されたらイメージが湧くと思います。「ケンミンショー」が、そうであるように、「おもしろ探偵団」は東京の番組であるにもかかわらず、関西のCMを取り上げることが多かったのです。ブラックユーモアもありますが、ユーモアに富んださまざまな作品が紹介されました。駄洒落のような商品名もありました。「モリ、カケがあるのに、ザルがないのは、なんでやねん」も駄洒落と思っていただいて結構です。

実績も一般常識にも欠けた若者が議員になり、先生と呼ばれ、国のためを考えているとは思えないような行動をとられる方が続出するのは、なんでやねん。御三家とか四天王とか一

括りにするのが好きなメディアの表現に染まっていますが、「2年生議員は」と、一括りにされていました。悪貨が良貨を駆逐するのは、なんでやねん。まともな2年生議員のほうが多いと思いたいのですが、報道は一人歩きしているようです。

モリ、カケがうやむやのまま、ザルに至るまでに総選挙となってしまいました。昔は、独自のルートで調べ上げた資料を片手に追及する、爆弾男とさえ言われるような野党の弁士がいましたが、昨今の追及を見ると、昔のレポート番組のセリフではないですが、「新聞によりますと」、が多いように思えます。偽メール事件も記憶に浮かぶところです。敵失ばかりでの追及では、ザルに至らないのは当然のことなのでしょうが、ザルをさがすのではなく、政策論争が議会の中心であることを望みたいものです。

知ったかぶりで、それ以上の学びと理解のない人が多いのは、なんでやねん

私がＮＰＯ法人でご一緒させていただいている、筑波大学大学院教授の田中喜代次先生には、いろいろな点で教えられることが多いのですが、良い意味で人をその気にさせることが上手な方でもあります。先生が編集、編成された「メディカルフィットネスＱ＆Ａ」では、60人もの先生方に執筆依頼され出版されています。

その執筆者の一人であり一般人である知人から聞いた話なのですが、「私より君のほうが、この内容に関しては詳しいので、ぜひとも協力してほしい」と、この本に限らず、依頼されることがあると言うのです。その知人は、自分より先生のほうがよく知っておられるはずなのにと思いながらも、意気に感じて協力するのだそうです。

健康運動指導士などは、初めから資格取得継続には、5年以内ごとに一定の単位の向上研修の受講が義務付けられています。教師や薬剤師にも同様な制度が出来てきましたが、新し

い理論や事実が毎年のように現れ、学びの必要な資格であっても、向上研修が行われていない資格もあります。

メーカーの経営者として、製品開発や商売や時代の読みなどは、学びや新たな発見と理解を継続していると自負していますが、それ以外の知識はどこから学んだのかなと、改めて思ったとき、古くは学校から、友人・知人から、メディアや書籍からに限定されているのが現状と言えそうです。それらは、メディアからの情報を含め、本当に正しかったのかな、なんでやねんと思わなかったのかなと、この本を書きながら頭の中を巡っています。

私が健康運動に関してトップの先生ではないかと思い、師事している、別の高名な先生の話です。いろいろな健康法が現れても、「自分で体験しない限り、コメントも批判もしないよ」とおっしゃっておられました。

日本の常識、世界の非常識と言われることがあるのは、なんでやねん。受け売りが幅を利かせて歩きすぎのような気がします。達成出来そうにない内容を目標値においてしゃべる著名な方もおられます。悪貨が良貨を駆逐するという言葉からも、どうやって、正しく、かつ、現実的な知識を学びたい人に伝えることが出来るのかが問われています。

第3章

早期発見・早期治療よりも未病アドバイザーが大切なのは、なんでやねん

健康の理念はどんどん
変わっているのに、
人々の意識が変わらないのは、
なんでやねんと思うのだが！

かっこ悪いから着けたくない補聴器、補聴器に見えない補聴器がないのは、なんでやねん

加齢を感じずに生きていくためには、体力だけでなく、五感の衰えのないことが大切だと思います。目の衰えでも老眼に対しては抵抗なく老眼鏡をつけることが出来るのに耳が聞こえづらくなっても、補聴器をつけることには抵抗があるのは、なんでやねん。男でいうと、老眼は早ければ40歳ぐらいから始まることもあり、老眼鏡も近眼鏡も見た目に大差がないから、爺くさいと言われることはありません。私も老眼鏡を使用することには、それほど抵抗感はありませんでした。いくつになってもある程度のファッション性を確保したいと考えると、現状の補聴器に抵抗があるのは、ある意味当然かも知れません。

人間の感覚には、視覚・聴覚・嗅覚・味覚・触覚・動く感覚等がありますが、そのほとんどが無意識のうちに働いており、この無意識の感覚を、脳が効率的に統合調整することによって私たちは周りのすべての情報を理解し、適切な反応を示すとされています。

この五感は同時に、老化の影響を受けやすいものです。特に、他人からみて顕著に現れるのが、視覚と聴覚です。五感で納得出来る暮らしが必要です。健幸華齢で80歳を迎え、人生を楽しむためには、特に、加齢による影響を受けやすい視覚・聴覚の老化を抑えることだと思います。視覚と聴覚の衰えは、他人からみて顕著なので、現れてしまうと、老眼鏡や補聴器に頼らざるをえなくなってしまうのですが、先ほども記したとおり、老眼鏡をつけることに抵抗がなくても、きつい難聴に至る前に補聴器をつけるのは、ファッション感覚や老人扱いをされるのではとの想いも含め躊躇される方が多いのが現状です。

現在の環境では、昔以上に難聴のきっかけは多くあります。例えば、大きな音を聞く環境だと、「騒音性難聴」になりやすいと言われます。ヘッドホンやイヤホンの適切な使い方をしてこなかったので、「ヘッドホン難聴」も急増しています。音を判断する有毛細胞は一度傷つくと再生しないとされていますので、音量と使用時間に注意する必要があります。

ストレスと加齢も難聴を引き起こすもとです。ストレスのない暮らしはありません。ストレスも難聴の原因の一つとなってしまうので、注意が必要です。それにもまして、加齢による難聴を進行させないよう注意が必要なのではないでしょうか。加齢により、多くの場合高い音が聞こえづらくなります。高い音の呼びかけに応えられず、低い音の悪口は聞こえるのも、それが原因です。「お父さん聞こえてるの」「あんたに言ってないのに、なんで答えるの」、こういった言葉が、聞くのを止めようという精神的難聴を進めてしまいます。

将来においても誰もがいきいきと暮らせることを目指すには、五感で納得出来る暮らしが必要です。健康寿命80歳の実現を楽しむために、五感で楽しめ納得出来る機器・空間・システムの開発を行い、人間生活技術の効果的な活用を図ることが大切です。またこうしたことが、安全・安心で豊かな社会の実現につながるとともに、新たな付加価値の創出、経済活動の活性化に繋がるものです。

混んだ電車で勇気を出して、お年寄りに席を譲ったら断られるのは、なんでやねん。空いている席があれば、大急ぎで座るのに、席を譲ってもらいたくない。「わしゃ、爺じゃない」という意思判断なのでしょう。ある意味、見栄がなくなると、より一層老化への坂道に転げ落ちるのかも知れません。

しかしながら、聴覚の老化は人とのコミュニケーションの欠落や、大事なことの判断ミスに繋がります。このような事柄を踏まえ、補聴器ではない形態、補聴器には見えない、例えば、眼鏡フレームに内臓された聞こえる眼鏡などの開発が望まれます。

子供の数は減っているのに虐待が増えているのは、なんでやねん

昭和22年から24年生まれまでは団塊の世代と言われています。昭和25年生まれまでを含めて、約1000万人となっています。平均250万人です、現在の出生数が年間110万人以下であることを考えると、とんでもない出生数と言えます。ただし、欧米でも、第二次大戦後の出生数は、日本同様大きな数値となっています。

子供の数が減ってきたのに、逆に虐待が増えているのは、なんでやねん。子供の接し方のわからない親が増えてきたのでしょうか。核家族が増えたことを理由にするのは的はずれかも知れません。昭和20年代や30年代でも、父親が長男でもない限り、多くは核家族であったわけですから。

私たちの子供時代には、近所の人々や親戚との交流が多かったように感じます。新米の親でも、自分の子供の生まれる以前から、子供たちに触れた経験があったのではと想像しているのです。子供たちに何かしてあげた経験がないと、自分自身の子供に対しても、ど

うしたら良いのかわからなくなってしまうのかも知れません。
その上に、望んで産んだわけではないという意識のある親があれば、どうしようもなくなってしまいます。

1人の教師が見ている子供の数が減ったのに、虐めが多くなったのは、なんでやねん。昔より子供達に目が届いているはずです。それなのに、虐めを発見出来ない。「見ていない」、「見えていない」、「見えていないことにする」。これでは、虐められている子供はどうしたらよいのでしょうか。結果として、逆に虐める側の子供たちも傷ついていくのもどうしたらよいのでしょうか。これも、根は同じかも知れません。

それでも、昔は子供たちのギャング集団があり、ボスは自分の仲間を守りきったものです。子供同士の心の繋がりも無くなり、誰も守ってくれない、教師も気づいてくれない。これではエスカレートするばかりです。

小学校で大切なのは、「ゆとり教育」ではなく、「人を思いやる教育」だと思われるのですが、以前にも書いた「小学校が競争させない教育をするのは、なんでやねん」でも、少し述べましたが、塾から学校に子供たちを取り返せる努力をする現場の出現が望まれてなりません。

高血圧や糖尿病などの生活習慣病のクスリが、手放せないのは、なんでやねん

公共の場所で、ＡＥＤ（自動体外式除細動器）とともに、簡易血圧計の設置が目に付きます。心肺蘇生法やＡＥＤの使用をいざとなったら出来るか、私自身は「は〜い、大丈夫です」とは、言い切る自信はありません。年とともに、ふと時間の空いたとき、その場に電気式の簡易血圧計があったら測ってしまう自分に気づきます。友人・知人に高血圧の方も多くおられます。継続しなければならないクスリは健康のためと理由づけても、うっとおしいものがあるのは事実です。

行きたいときにトイレに行けないような、例えば警備の仕事の方などでは、高血圧のクスリのように、そこそこの水分で服用しなければならないクスリの場合は大変だとうかがっています。

治療薬とは何でしょうか。疾病を治療する、つまり、治すために飲むクスリのはずが、

高脂血症や高血圧症、高血糖症やメンタル疾患などの生活習慣病などの場合、症状を抑えるための薬になってしまっているように思われてなりません。治療薬なら、でている数値を抑えるのではなく、治る方向に導くはずではないでしょうか。大体、クスリはリスクと言われています。頓服としてのクスリは必要悪です。生活習慣病においても、治る方向に処方しているのであれば、クスリを減らす方向に一緒にがんばりましょうという台詞があってしかるべではないでしょうか。

例えば、多くの場合、血圧はあがる必要があるからあがっています。クスリで叩くと、さらにあがろうと、身体は努力してしまいます。症状固定のため、くすりは減らすことなく、さらにきつい内容での処方となってしまうのではないでしょうか。

ところで、早期発見・早期治療の時代は過ぎました、国民皆保健指導（未病アドバイス）に重点をおいた時代だと認識されていますが、多くの人々にとって、未病（未病には、半病気と半健康があると思っていますが）で自身に目をやり、生活を変えるということは難しいようです。

がん患者だけでなくとも、ゲルソン療法、玄米菜食、プロポリス、アガリクス等々、さまざまな食事療法や民間療法があります。特にがんが自己免疫不全と考えられるのか、良い水を求める人も含め、私の周りにも免疫力を上げることを目指している方々がおられますが、既病の方々であって未病の方でないのが残念です。

かと言って、「未病の貴方は生活行動パターンを変えることが出来るのか」と問われて、「ハイ」とは、応えられない自分がいたことも確かです。

私は、健保組合の理事をしていたのですが、人間ドックや検診を有効にするには、基準値や平均値と比べるのではなく、生化学検査も映像診断も自身の暦年の変化に注目をすることが肝心だと思っています。

とりあえずビールならいざ知らず、とりあえず検査しておきましょうと言われるのは、なんでやねん。「放射線専門医の4倍もCTが設置されているのは、なんでやねん」、調べたものしか、わからないという点だけでなく、調べても技術的な見落としも考えられます。良い医者と良い検診機関に巡り合うのが大切です。そして、行動変容に結びつけられる指導をしてくださる専門の方との巡り合いです。私の場合、暦年の数値から判断していただけるプライマリードクターと、健康についてのアドバイザーを見つけられたのは幸いだったと言えそうです。口に苦いことも言ってくれる存在は、健康のためにも、仕事のうえでも大切なことだと思う今日このごろです。

辛抱づよく通いつづける掛かりつけの整骨院があるのは、なんでやねん

腰痛、頸肩腕症候群、膝痛、脚のツリ等々、身体の痛みや痺れに悩む人が多くなってきています。私も腰痛に悩まされ、ある人との出会いを通しておさまった経験があります。運転業務のように一定のかたちでの座りっぱなしの人、警備業務のように立ちっぱなしの人、さまざまな業界で腰痛・肩こり・ひざ痛などは職業病とまで言われているようです。

その人たちの大半は、仕方がない、騙しだまし仕事するしかないと諦めるか、通院しても病院・診療所ではなく、柔道整復師やカイロプラクティック技能者の所属あるいは経営する、整骨院や接骨院や整体院（このページでは今後「整骨院」と表示）に通われることのほうが多いと聞き及んでいます。

そこで、少し疑問を感じるようになってきました。1つは、風邪でも、病院・診療所に行って、数日で治らなければ、文句をいうのに、腰痛や四十肩では、「永年でなった症状なので、治療に時間がかかる」と言われ、納得しているのは「なんでやねん」ということと、

2つ目は、「外傷を伴わないものや、慢性疾患は整骨院等での健康保険対象ではない」はずなのに、保険扱いをしている整骨院が多いのは「なんでやねん」ということです。

病院・診療所には、治りたい、治してほしいから通いますよね。同様に、治りたい、治してほしいから整骨院に通われるはずです。

掛かりつけということは、施術の日は気持ちよいが、治らないということですよね。治らへん（治されへん）整骨院に通い、かつ、あそこの整骨院は良いよと、人に勧めるのは、なんでやねん。私の経験でも、四十肩や腰痛のなかには、簡単に改善出来る場合もありました。簡単に改善出来る方法を伝えないのは「なんでやねん」という思いがふつふつと湧いてきます。

簡単に改善出来る方法を、ひょっとしたら、いま通われている整骨院の施術者もお持ちかも知れません。ただ、保険点数で処置するとすれば、「治さへん」のかも知れません。

保険点数で通われるあなたに問いたいことがあります。単純な計算です。整骨院に10回通い、仮に、個人負担が総計2万1000円（初診時を除くと一回の負担はかなり低いものです。ただし、保険が適用されていたら、その陰で健保組合等は4万9000円を負担し、整骨院の取り分は7万円となるわけです）とします。それでも、治りません。時間も無駄かも知れません。一方、保険を利かさないかわり、1回7000円で3回で改善出来るように身体を整える指導者がいれば、どちらに行きますか。ご自身の負担金額は同じで、時間拘束は30％に減ります。どちらを選ばれるかは、ご自身の価値観だとおもいますが、私なら、後者を選びたいものだと思います。

腰痛、頸肩腕症候群、膝痛、脚のツリ等々も生活習慣病の一種ではないでしょうか。同じ姿勢の継続などで緊張しすぎか、使わなさ過ぎ、その逆に使い過ぎによる痛み、いずれにしろ動かさないで治るはずがありません。「でも、痛いから動かされへんやんか」という声が聞こえそうです。そこに、神経ブロックや整体や柔整などの出番があり、痛みを感じさせなくする治療や施術が有効だったのでしょう。

痛みのない、身体の調身をはかる指導をする場があればと思います。ただ、健康のための運動が続かないのは、なんでやねん。本来、人間には運動欲などありません。スイッチオンする魅力ときっかけが必要です。美味しい理由が必要なのです。指導者の魅力か褒美か、それとも、パフォーマンス能力の瞬時の改善が必要なのではないでしょうか。その教える内容も、しんどい、つらい、きついものではなく、簡単な動きで継続可能なメニューによるものでないと続かないのではないでしょうか。

それも、未病アドバイザーの仕事として確立出来たらなと思います。

今や日本は亜熱帯 熱中症が多くなっているのは、なんでやねん

２０１７年は関西では5月後半にすでに夏日があり、猛烈に暑い夏でした。昭和30年代の関西では、夏に30度を超すのは数えるほどしかなく、それも30度をわずかに超す程度だったと記憶しています。記憶違いでなければ、当時、小学校で習った気候の話では地球は寒冷期に向かっていると教わりました。それが、今や日本は温暖地域から亜熱帯に変わったようにさえ思われます。

小・中学校では、30度を超すと屋外での運動を取りやめ、体育館で体育授業を行う学校もあります。ところが、熱中症で新聞やテレビの報道で目立つのは、屋内での熱中症の発生です。我々が子供の時代は「日射病」と表現されていました。屋内での発生などほとんどなかったので、陽に当たりすぎることが原因とされ日射病とされていたのかも知れません。屋内で熱中症が発生するのは、なんでやねん。

洗濯物を乾かすには、陽当たりもさることながら、風が大きな要素を占めています。そのように、熱と風の双方を考える必要がありそうです。校庭に出ての運動をとりやめ、体育館での運動に切り替えて、それが、卓球やバトミントンとすれば、風の影響を受けやすいため風を遮断して行うことになってしまっていないでしょうか。身体の熱を下げるのは汗が蒸発するときにとる気化熱によることは言うまでもありません。水分の充分な補給をアピールするのも大切ですが、風の流れにも注意が必要です。

気象庁発表の温度を誤解していないでしょうか。小学校のときに習ったように、舗装されていない土の上、木陰で風通しのよいところに百葉箱は設置されているわけです。夏の高校野球の放送で甲子園のアルプス席で40度を超していますとの実況がなされているのを聞かれたことがあると思います。緑のほぼ一切ない梅田の交差点で夏の温度を調べた番組もありました。40度どころではありません。車のボンネットで目玉焼きが出来るような日差しを馬鹿にすることなく、温度対策、熱中症対策がなされることが必要ではないでしょうか。

直射日光に四六時中晒されている職業の人は、長袖の着用、首筋の冷却、頭頂部のカバー、休憩時間には直射日光から外れた場所での静養が必要です。

お年寄りに目を向けると、お年寄りは温度の感覚も鈍くなっています。喉の渇く感覚も鈍くなっています。どうやら、お年寄りが室内で熱中症になる原因は、定期的な水分（＋必要な塩分）の補給がなされていないこととともに、窓を開けるなど風にあたる習慣が減ったからとも考えられるのです。

昔はなかった花粉症が、こんなに多くなったのは、なんでやねん

今年はきつかったと、花粉症の友人が言っていました。その友人によると、以前はなんでもなかったので、周りの人がマスクをつけていたり、くしゃみや鼻水をだしていたのを不思議に思っていたのに、60歳の坂を越えたとき、急に、花粉症になって初めて、その違和感が納得出来たと言うのです。どうやら、あるとき、急に、その症状は現れるらしいのです。

何年か前に、石原慎太郎氏が都知事のとき、一升瓶に黒い液体をもってきてディーゼルエンジンの廃棄ガスだと提示されたことがあったのを覚えておられるでしょうか（どうでもいいことですが、私の持っているヨットの旧オーナーは石原氏です。そのため、石原氏のこの行動が深く記憶に残っている次第です）。

花粉症はアレルギー疾患の1つです。ウイルス性の病気のように耐性を強め、自己免疫力をあげるのとは、真逆に抗体の異常反応による疾患です。それなら、抗原である杉やヒノキなどの花粉を減らすか、異常反応を現す抗体の発生を抑えるしかないのではないでしょうか。なぜ、抗原である杉やヒノキなどの花粉が増えてきたのでしょうか。1つは、旧農林省による杉・ヒノキなどの植樹の奨励です。ところが、国産木がコスト・価格の高騰で売れなくなってきました。農林水産省では、枝打ちに対する奨励金を出してはいるものの、林業の現場では、見合う金額で売れなくなったので、そのために、枝打ちをしなくなり、必然的に花粉が増えてきたことによるようです。その上に、よくわかりませんが、廃棄ガスとの相乗効果だとも言われているようです。花粉の大量発生の原因を抑えるのが第一の対策です。

人体に危険なものに対抗する抗体は、人間の防御力であり必要なものなのですが、増えすぎることと、敵が減ったため、本来、敵ではなかった、身体にはいってきた杉やヒノキなどの花粉に異常反応を繰り返し、アレルギー反応として現れてきたとのことなのです。なぜ、抗体が増えすぎたのでしょうか、そこを抑えるのが第二の対策です。

第一の対策である、杉やヒノキなどの花粉対策は行政レベルの問題です。第二の対策である個人レベルの問題としては、抗体を増やすことのない生活習慣の確立ではないでしょうか。抗体の増える原因の多くは、肥満細胞（脂肪細胞ではありません）の発生です。肥満細胞をつくるもととなるのが、多価不飽和脂肪酸の1つであるオメガ6の摂取過剰だと言われています。オメガ6の摂取を減らして、オメガ3の摂取を増やすことが、個人レベルでなせる対策だと言われているのです。

1990年代にアメリカでは、オメガ6の過剰な摂取に警鐘が鳴らされたとき、逆にわが国では、身体に良い多価不飽和脂肪酸としてリノール酸に総称されるオメガ6の摂取が奨励されたのは、なんでやねん。

ちょっと、お高いですが、以前よりαリノレン酸に総称される、エゴマ油、紫蘇油、亜麻仁油、DHA、EPAなどのオメガ3の摂取をお勧めします。

治療法より予防法
認知症対策が国のテーマになるのは、なんでやねん

認知症が映画の題材となるぐらい、一般的になってきました。あの仲代達矢でも認知症老人の役を演じています。昔は、老人ボケとも言ったものでした。母親が晩年に認知症になった知人がいます。「あなたは、どちら様でしたでしょうか。以前、お目にかかったことがあるのは覚えているのですが」と言われたことが一番のショックだったと言っていました。

国はアルツハイマーを中心とした対策を講じ始めました。主要なメンバーとして、入っておられる筑波大学大学院の田中喜代次教授は、著者が副理事長をさせていただいている、特定非営利活動法人（NPO法人）ジャパンメディカルケアアソシエーションでご一緒しています。

認知症は、ある意味、生活習慣病とも言えるので、治療法も大切ですが、予防法がより

重要なのだと信じる次第です。

脳も身体組織の一部です。透析をすると腎臓はサボりだし、インスリンをうつと、膵臓はサボりだし、便秘薬を飲むと大腸は薬がきたとき以外はサボるようになり、セロトニン再吸収阻害薬をとると脳はセロトニンを作るのをサボりだすと言われています。脳もサボろうとするわけです。

アルツハイマー病だけでなく、脳の廃用性症候群、つまり、脳の不活病が一方に原因としてあるのではないでしょうか。実際、お婆さんから、買い物を取り上げ、炊事を取り上げ、お金の管理を取り上げると一気にボケ症状（認知障害と言うべきかも知れませんが、この項のみは以後、ボケと表記させていただきます）となっていくと聞き及んでいます。優しい嫁はボケをつくり、鬼嫁の姑はボケないと以前から言われているとおりです。

生活不活病の要素からの予防は可能ではないでしょうか。寝たきりにしない、外に出る習慣をつける、役割を与える、喜びを与える、会話のある生活をキープすることです。つまり喜んで身体を動かす習慣をもって、かつ、ボケの方向にスイッチオンしない、させないということに他ならないでしょう。

ご婦人がふとしたことで、老化したとか、ボケはじめたかと思われるきっかけは食器洗いをしているとき、特に大事にしている食器を手を滑らして割ったときに感じると言うのです。

「知っている、出来ると言いながら、しないのは、なんでやねん」のページでも書きましたが、こんなことはありませんか。「昔のことは覚えているのに、今のことはすぐ忘れてしまう。年とったのかな。ボケ始めたのかな」こんなことで、ボケの方向にスイッチオンしては大変です。覚えてないことは、忘れたとは言いません。それは、単に覚えてないだけです。昔のこともほとんど忘れているのに鮮明なこと、繰り返したことだけ覚えているに過ぎないのです。

認知症予防の第一は、ボケの方向にスイッチオンしないことが、だれにでも出来る一つの方策ではないでしょうか。周りの人は「どこか、悪いのちゃう」、「同じことばっかり言って、さっき聞いたとこやで」、「ボケたんちゃうの」などの言葉がスイッチオンの引き金となることがあると認識していただきたいと思っています。

製薬会社が、サプリメントを本格的に製造しないのは、なんでやねん

口に入れる物は、毒とクスリと食品の3つだと言われています。法的にはサプリメントは一部のクスリに当る範疇に入るもの以外は食品に入るわけです。サプリメントは正式には、ダイエタリーサプリメント（栄養補助食品）と言われるもので、食品保健指導士は、それを説明する資格取得者です。そういう意味では、私たちの若い頃から、今でいうサプリメントの範疇に入る商品が出回っていました。当時のアサヒビールが製造元で（旧）田辺製薬発売の「エビオス」と、他社商品では「ワカモト」がそれです。多くの家庭で栄養補助食品のように重宝されたものです。いずれも、簡単にいうとビールの絞りカスから作られたものです。

サプリメントの範疇に入りませんが、善玉菌を腸まで生きたまま届ける（旧）田辺製薬の「ラクトーン」や森下仁丹の「ビフィーナ」などに健康に寄与する商品への思いが継承されているように思えます。

もともとは、製薬会社がサプリメントに手を出さなかったわけではなかったのでしょう。

ところで、アメリカでは一時4兆円までになったサプリメント市場に規制をかけて2兆円規模まで落とした時期がありました。これによって粗悪品の締め出しが行われたようです。

「エビオス」と「ワカモト」を除き、サプリメントを、さまざまな企業がつくるようになってきましたが、サプリメントが市場の支持を受けだしたのは、サントリーなどの認知度の高い企業が売り出したことが大きな要因とされています。そういう意味では、大手製薬会社は出遅れた、あるいは本格的参入を控えているとも言えそうです。国外からの参入では、ニュースキンなどが有名な例です。

アメリカ的な感覚では、医薬は半病人～病人を対象としています。わが国のように、健康～半健康的な人が保健薬を飲むというのはいかがなものでしょう。その部分に本来、栄養補助食品としてのサプリメントの立ち位置があったのではないでしょうか。

でも「微量元素は微量だから良いのに、大量摂取が出来る商品があるのは、なんでやねん」という疑問も一方ではあります。あくまでも補助食品です。野菜や穀類などが、力のある土地でつくられた旬の路地もので摂取出来ればそれに越したことはないでしょう。

サプリメントを摂るにしても、信頼出来る商品を選ばれることをお勧めしたいものです。

それ以上に、健康への道を示してくれる、未病アドバイザーのような存在が求められる世の中になって来ているのではないでしょうか。

栄養指導ばかりで、食事の仕方に注目されてこなかったのは、なんでやねん

栄養指導と言えば、すぐに、エネルギーの話、カロリーの話になるのは、なんでやねん。戦後に策定された栄養改善法の影響なのでしょうか。確かに、戦後すぐのころは国民が飢えていてとりあえずエネルギーの確保が大切だったことは正しい選択だったと言えます。その後、ビタミン、ミネラル、植物繊維の必要性や、ファイトケミカルという言葉もでてきて、知識的にはバランスが大切とされているにもかかわらず、長い間のカロリーと栄養素からの指導から抜け出せなかったのも事実です。

アルカリ食を摂ろうというブームがありました。梅干がアルカリ性だと言うのです。当時ミネラルの総称として灰分と言われていました。灰分とは言い得て妙です。その言葉のように、卓上で燃やした食材を水で溶かし、リトマスでアルカリ性か酸性かを判断していました。

メタボリックシンドロームをテーマとした特定保健指導の中で、栄養ではなく食事という言葉が取り上げられています。また、日本の1990年ごろの食生活に学べと、アメリカでは言われ続けています。世界文化遺産に和食がなったという点からも、また、平均寿命の長い日本という点からも注目されているようです。しかし、いまだに日本人が、平均寿命の短い国の健康情報に踊らされるのは、なんでやねん。

病院食に目を向けてみると、本当に食べたいと思う食事を出しているでしょうか。確かに、栄養バランスには優れているのかも知れません。年を取り、病院生活になったとき、楽しみは孫の訪問と笑顔、そしておいしい楽しい食事につきるのではないでしょうか。それにやさしい声掛けがあればと思います。生きる喜びをもたらす食事と食事の場が、たとえ病院や介護施設であったとしても、そんな心配りがほしいものです。

ご老人に対し、嚥下のし易い食べ物ばかりが注目されるのは、なんでやねん。年を取って何が悲しいかの1つに、好きなものを自分の口で食べることが出来なくなることがあると、知り合いの方のお父様が亡くなられるときの状態を聞いたことがあります。お年寄りの生きがいとは、何でしょうか。ご自身の幸せだったころの子供たちに似ている孫に会うことでしょうか。それもなければ、最後にあるのは自分の好きなものを口から味わいながら食べることではないでしょうか。嚥下《えんげ》のしやすい幼児食など、本来くそ食らえです。誤飲があるからチュウブ食や流動食で、腹減った腹減ったで死にたくないものです。もし、嚥下能力が下がったとしたら、生きるための嚥下のしやすい食の開発ではなく、嚥下出来る能力のアップを指導してほしいと思うのは私だけでしょうか。

野菜や穀類など、食べる素材に元気がなくなったのは、なんでやねん

「ポパイ」というアメリカ製の漫画がありました。ほうれん草を食べるとパワーアップして、恋人であるオリーブの助けを求める声に応えて、悪漢のブルートをやっつけるというのが大まかなストーリーです。この漫画はほうれん草の缶詰会社の広告キャラクターから始まりました。野菜臭いほうれん草や人参は子供にとって苦手なものです。野菜臭さを克服しても、身体に良いというのを説教がましくない方法として考えられた手法です。

ほうれん草に限らず、本来の野菜は野菜臭いものであり、ものによってはアクやエグミのあるものであり、鮮明な色のあるものだったのです。それが、今ではサラダ野菜として、ほうれん草やみず菜まで売られています。それらは、温室栽培が主流で、そのほとんどは水耕栽培か、それに近い方法でつくられています。

野菜だけでなく、魚類も含め、それらの色素からいろいろな栄養素、特に、抗酸化物質が発見されてきました。人参の色素からカロテンが、葉緑体からクロロフィルが、イチョウ葉からフラボノイドが発見されてきたのです。カテキンやプロフェノールなども同様です。これらの、ビタミンAの前駆体は、抗酸化物質の代表です。ところが、最近の野菜ではその栄養素も落ちてきました。子供のころに学校で習ったものと、いま、店頭で売られている食物の栄養素が違うのは、なんでやねん。

例えば、ほうれん草が生でも食べるようになったのは、なんでやねん。

本来、ほうれん草は冬野菜で、ビタミンAの前駆体であるカロテンが他の野菜に比べ豊富に含まれています。根っこに近い部分の赤い色は鉄が豊富に含まれているしるしです。その赤い色のあるほうれん草が減ってきたようです。サラダほうれん草と表示されている商品がスーパーの店頭にも並んでいます。ハウスもので、水耕栽培で作られています。

太陽光は光合成に必要ですが、その逆に、植物を傷めつけもします。特に、有害な紫外線などに対抗するため坑酸化物質をつくりあげました。また、土中の酵素や菌の手助けと、ミネラル分などを利用し、育っていきます。ハウスものの場合、遮光幕などを使い強い直射日光に当たらないようにしていたら、カロテン含有も減ってくるのではないでしょうか。水耕栽培では、栄養素の偏りが起こってしまいます。エグミがなくなり、食べやすくなった反面、ほうれん草本来の栄養素はどこに行ってしまったのでしょうか。

路地ものの色の濃い、ほうれん草に多く含まれていた、カロテンや鉄や葉酸が減り、カルシウムを溶かすシュウ酸だけが増えてきたのは残念です。元々、多かったシュウ酸で、ほうれん草のお浸しに、ジャコやかつおぶしをかけて食べていたのは、先人の知恵と言えそうです。優れた抗酸化作用があったはずの、ほうれん草のカロテンです。カロテン不足は眼や皮膚などにさまざまな症状が現れます。疲れ目、視力の低下老化現象の症状も現れやすくなります。

野菜にしては鉄やカルシウムが多いのも特徴だったのです。健康志向で野菜を食べるには、旬の路地ものを選びたいものですが。

では、なんで、野菜や穀物類などの力が落ちてきたのでしょうか。本来の力のある野菜や穀物類などは、人々にどのような効果をもたらすのでしょうか。

力のある野菜や穀物類を食べたいと思ったとき、どこで、手に入れたらよいのでしょうか。自分で作るのが一番かも知れませんが不可能な話です。それなら、誰が作って、どこで販売されているのでしょうか。

野菜や穀物類などは、土中の物質と、水と、太陽エネルギーからの光合成などで茎をつくり、葉をつくり、実や種をつくり、地下茎や芋や根菜を作っています。テーマとして尽きるのは、栽培する場所の土の力と、水と、太陽の光と作る時期です。そして、種や苗の力です。

窒素・リン酸・カリに代表される化学肥料の投与は、それ以外の土中成分の相対的な減少を招いてきたのは明らかです。

野菜も人も企業も同じではないでしょうか。確かに、化学肥料が大量生産に導いたのは事実です。農家の方々のキツイ作業も緩和したかも知れません。その結果が力の無い野菜の出現だとしたら、考えさせられるところです。企業経営においても、ワンパターンの社員をつくっていないか考えさせられる思いです。

国は、2020年を目指して、食物のオーガニックの割合を、今の2倍にしたいとの構想を示しています。2倍というのは大きな数字に見えますが、2倍にして、やっと1％なのです。

本来、その基本は無農薬、無化学肥料ということになりますが、せめて、微農薬、微化学肥料であっても、力があって、身体に良い野菜や穀物類が作られていたならという思いでいっぱいです。

カルシウムの血中濃度が上がったのか？魔法使いのお婆さんの腰が曲がっているのは、なんでやねん

シンデレラの話にでてくる魔法使いに限らず、西洋の童話の魔法使いは腰がまがっていると相場は決まっています。あれは、骨粗しょう症に他ならないという話をされる方がおられます。実は、日本よりはるかに牛乳・乳製品の摂取の多い西洋の方々に骨粗しょう症が多いのは、なんでやねん。カルシウム不足には牛乳を飲めと言われてきたのは、間違いだったのでしょうか。６００ミリなどという目安も出されていたように思うのですが。牛乳・乳製品の摂取だけでは、何かが不足しているのでしょうか。

野菜・穀類・豆類・イモ類・海藻類などの植物の話の中に突然、牛乳・乳製品の摂取の話が入ってくるのは「なんでやねん」と思われるかもしれませんが、実は、骨粗しょう症と植物摂取の間には大きな因果関係があるのです。

骨の働きとしましては、栄養の貯蔵ということで、一つはカルシウム、もう一つはマグ

ネシウムです。カルシウムは、その約99%が骨に貯められており、その他の濃度は非常に薄くなっています。マグネシウムが骨に貯められているのは約65%で、身体も使っています。マグネシウムは非常に多くの酵素や身体の中で人の生命を動かしている酵素、いっぱいの種類の酵素にとって必要なミネラルです。このように酵素の必要なミネラルとして、活躍しているのです。

「健康診断でミネラル分も調べてもらったところ、血液中のカルシウムの含有量が多かったと診断され喜んでいるのですが」と、おっしゃっている方がおられました。素人目には身体のカルシウムが足りていると思われてしまいますが、本当は真逆です。

生命維持には、血液中に一定量以上のカルシウムの含有が必要で、不足すると、骨から取り出すようになってしまいます。そのサーモスタットの時間差で、カルシウムの血中濃度が上がってしまうのです。ほとんどの場合、カルシウムの血中濃度が上がるということは、血中のカルシウムが足りないから上がるのです。骨からカルシウムがより多く取り出されている症状なのだそうです。

骨の形成には、カルシウムだけでなく、たんぱく質と、マグネシウムとリンが必要でビタミンD3も係わっています。

マグネシウムが必要と言われるのは知っているので、だからこそ、豆腐をよく食べていますと言うあなた、ちゃんとした豆腐を食べていますか。安物の中には、ニガリやマグネシウムを使わずに造っているのもあるようですよ。商品の裏面を見て、確認することをお勧めします。

カルシウムだけ摂っていても、マグネシウムとの比率が悪いと、骨粗しょう症になる危険性が高いと言えるのですが、魔法使いのおばあさんはマグネシウムの摂取量が少なかったのかも知れませんね。

手塚治虫の漫画の復刻版がコンビニに並んでいて、ジャングル大帝レオが植物から肉を作ったのは、なんでやねん

手塚治虫氏は稀代の漫画家であるとともに、医師でもあります。ジャングル大帝レオのお話しの中で、ジャングルの獣や鳥たちが全て仲間同士なのに、食べもののために殺しあうのは何とかならないかと考えたレオは、植物から肉のようなものをつくろうとしたというくだりがありました。

管理栄養士の方に聞いたのですが、身体の中では作られないとされている必須アミノ酸は、食べものを通して手に入れるしかないということです。そのためには肉類の摂取が大切とされていたのです。確かに、大豆だけでは、必須アミノ酸のバランスは取れません。米だけでも、必須アミノ酸のバランスは取れません。ところが、大豆（大豆製品）と玄米を併せると、ほとんど必須アミノ酸は摂取出来るらしいのです。レオ（あるいは、手塚先生）は、すでにそのことを知っていたのでしょう。

植物にたんぱく質が含まれているのを認識されていない人が多いようです。大雑把に言いますと、玄米は炭水化物50％、脂質25％、たんぱく質25％となりますし、大豆は炭水化物25％、脂質25％、たんぱく質50％となります。

ミミズは自然の土地改良剤と言われる人がおられます。土ごと食べて、排泄するという周期の中で結果として土を改良してくれるのです。ミミズを試験的に育てている人が知人にいます。土に食品廃棄物を混ぜて育てているのですが、添加物の入っているところは避けて食べていると、その人が言っていました。牛肉1kgを作るのに、どれだけの植物が必要か、レオのように代用肉を作り、味や食感が本物の肉と変わらず身体に害のある添加物も少ないとすれば、世界の食糧危機もなくなるのかも知れませんね。

アメリカでは、エネルギー源としては、57％以上を炭水化物から摂るのが望ましいという報告があります。それなのに、炭水化物ダイエットがアメリカから入ってきたと言われるのは、「なんでやねん」。植物の見直しこそが、日本人にとっての健康の第一歩だと思います。

女性の喫煙率が下がっている調査結果がでているのに、喫煙所に女性が沢山いるのは、なんでやねん

喫煙率が下がっている調査結果が出ているのに、煙草を吸っている女性を多く見かけるのは、なんでやねん。調査数字の難しいところです。女性の多くが、アンケート調査に対し、非喫煙であるとの回答をするから、喫煙率が下がってるとの数値となっているのではないかとまで考えられています。確かに、喫茶店でも女性の喫煙者を多く見かけます。あのヘビースモーカーまでが禁煙に成功したという事例を、私の周りでも多く目にしている経験からも、男性の喫煙者が減ってきているのは体感しているのですが、一方で、ＪＴさんの売り上げは確固たるものがありますので、国内の男性以外の、どこかの誰かの喫煙量があがっているからということが、単純な数字からも推測されます。

統計や調査ではわかりにくいところがある例として、煙草の話で、ビール業界のことを語るのはどうかとも思いますが、ＡＢ社さんの当時のマーケティング力のことが、思い出

されます。

約30年前、シェア10%を割りかけ、4位に落ちかけたときAB社さんは幾つかのチャレンジをされたと聞いています。その1つが流通のIY社と組んだビールの嗜好の動向を知ることだったようです。購買の将来を見極めるための店舗群での数字を、全体数字というデータとは別に取り上げたとのことです。

商品を売るにあたり、適切なマーケティングと、メディア、消費者へのメッセージが必要だという成功例です。単純な統計ではわからなかったことが見えてきたのではないでしょうか。


某氏が大阪市長になってから、大阪地下鉄での煙草販売がなくなりました。煙草売り上げによる収入と、煙草の販売による清掃等の手間のデメリットを天秤にかけられたようです。煙草は火事の原因の第3位です。がんの起因でも第3位と言われています。食品の発がん性が、問題になっているのに、「どんな食品よりも発がん性の高いタバコが平気で吸われているのは、なんでやねん」。「煙草を原因とする火事による損失、疾病に至る損失と、税収を比較して、取りざたされないのは、なんでやねん」。

「とりあえずビール」用のビールがほしい？
飲食店でとりあえずビールと言うのは、なんでやねん

アフター5、ちょっと一杯と暖簾を掻き分けたい気分によくなる友人の口ぐせが、席に座るなり「とりあえずビール」という台詞です。どうやら、ときおり、私も言っているようです。「とりあえずビール」って、英語でなんと言うのという書籍まで発行されていることには驚きました。アルコールを飲める人にとって、夏の暑い夕方、冷たいビールの喉越しは一日の疲れがとれる気分になるようです。ウイスキー党や日本酒党まで、「とりあえずビール」と店の方に言っているのを聞きます。近頃では、夏に限らず一年中、「とりあえずビール」で多くの酒の会は始まります。ビールは年間通したお酒となってきました。

その飲む会での言葉だと思ってください。「最近、家で本物のビール、飲んだことないわ。出てくるのは、発泡酒だけやで。外で飲むときだけや、本物のビールは」。発泡酒が市民権を得たということなのでしょうか。続く言葉が、こうなります。「やっぱり、本物のビールは美味いわ」。

ご主人の唯一の嗜好品であったとしても、家計の敵ということかもしれません。幸い、私は家ではビール党ではありませんので、痛感するということにはなっていませんが。

ジュース類やお茶類、コーヒー類より、安く売られている店が多い発泡酒。アルコールである発泡酒のほうが安いのは、なんでやねん。発泡酒も税額があがり、値段が上がりました。

とりあえずビールは誰もが言う台詞です。「とりあえずビール」と声かけて、「とりあえずビール」という名前のビールが出てきたら、どう思いますか。もう、笑うしかないですよね。飲食店だけで売られるビール、ターゲットを絞ったビールがあってもいいのじゃないでしょうか。そのビールにキャンペーンが付いていたら、その場では、買い（注文）だと思います。

「かっくら陣太」という、ビール会社の営業マンを主人公にした漫画がありました。問屋、小売店、ホテル、飲み屋さんなどにプッシュしていく人です。

飲食店担当の方は、店側の希望で開店後に訪問することが多いと聞き及んでいます。若いうちから酒豪で鳴らした人ほど、飲みすぎて身体を壊すという、都市伝説があるようです。美味い「とりあえずビール」ですが、いつまでも、何歳になっても飲まれたいのなら、ビールも適量を保ち、気分の良い段階で「とりあえずストップ」してください。

女性の方が男性に比べてメンタル疾患になることが多いのに、自殺者は男性の方が多いのは、なんでやねん

今日、この日の段階ではメンタル疾患は、女性は男性の約2倍多いのに、生涯を通したメンタル疾患での自殺者は、逆に、男性が女性の約2倍多いとの統計があります。メンタル疾患者数からみると、男性が女性より4倍もの自殺者がいると考えられます。

職場におけるメンタルヘルスの諮問委員をされた方に聞いた、メンタル不全の緩和に役立つとされている行動の例を上げます。

朝早く起きて、朝日の大きなルクスを浴び、夜は早く寝る。深呼吸（腹式がお勧め）と軽い調身をはかり、リズミカルに散歩し、目立つところで奉仕し、人に褒められ、小さな目標を定めて、達成の喜びを感じ、非日常の場を持ち、手の指の腹を使い、職場や家族以外の友人と楽しい話をし、トリプトファンとファイトケミカルを補給し、血流を良くし、リンパの滞りや冷えを改善し、大いに笑い、大いに泣き、楽しいことに取り組み、身体の緊張をほぐし、よく歩く。

女性と男性との環境の大きな違いは、たとえば、ウインドウショッピングのときなど、女性のほうが男性よりも、褒められることが多く、姿見や鏡を見ることが多いため、自分の変化に気づくことも多く、職場や家族以外の友人と楽しい話をする場もあるということがメンタル疾患が重篤にならない理由なのかも知れません。

例えば、一般的な男性営業マンにとって、ストレスの対象は社内、得意先、家庭の3つに大別出来ます。その3つで重いストレスを感じる順位はいかがなものと思われるでしょうか。ストレスから起こる一般的に良く知られる症状として、出社拒否症、サザエさん症候群などがメディアで紹介されているので、社内、得意先でのストレスのほうが大きいのではないかと思われるかも、知れません。

しかし、乱暴に言えば、得意先の契約を1000万円落としたとすれば、新たな得意先で1200万円獲得してくれれば解決です。ストレスは逃げられない対象との関わりのほうがきついのです。家庭に戻れば心が落ち着くのであれば、自殺に繋がることはないのではないでしょうか。帰宅恐怖症のほうが、出社拒否症よりも重篤と言えるのです。ところが、見栄も含めて一番ストレスに落ち込んでいるのを知られたくないのが、奥さんであるとの統計がでているのです。

ストレス発散には、酒よりも、泣くことや笑うことのほうが有効です。会社の仕事のなかでの付き合いである友人しかいないご主人が、家庭で安住出来ないとすれば、酒はかえって悪影響を及ぼすでしょうし、奈落の底は、そこに見えていそうです。

新入社員の自殺事件で電通に罰金刑が課せられました。猛烈サラリーマンの時代は過ぎさり、業務上のメンタル不全に企業の法的責任が問われる時代が来ています。心の疾患も未病の間に自分で気づき対処する必要があるのですが、気づけているでしょうか。

男性にとっては、気づかなくても、初めから、ストレス解消の出来る行動パターンを女性の生き方から盗むのも一つの方法かなとも思います。

元々スタイルの良い人が推奨する器具に飛びつくのは、なんでやねん

カリスマ性のある女性の運動指導者を、ある番組の収録現場で見かけました。お腹は見事に割れています、スタイルも抜群です。人を運動に引っ張り込むトークにも優れています。でも、ハードな内容なのです。この美人の指導者の前では出来そうですが、後が怖いなと思っている自分が、やってもいいなと思っている自分を客観的に見ているのが自覚出来ます。ただ、このカリスマ指導者は器具を推奨するタイプではなかったのです。

着けるだけでダイエット、そんなはずないやんと思いながら、手が出そうです。昔の商品で杉本彩さんだったと思うのですが、ダイエット効果があるという商品のCMに出ていたことを思い出しました。あんなパーフェクトな身体に、あの商品をつけるだけでなれたらいいなと視聴者に思わせたとすれば、広告代理店の勝利です。

一昔前のやはりCMの話です。「ザブなら……」というメッセージを太った女性モデルを

起用して流していました。「澤穂希……日本のほまれ」というCMもありました。普通の人を輝かすといったシチュエーションで好感をもって見た覚えがあります。

女優の和泉雅子さんと面識のある知人が、「私は出来ないけど、小百合さんは努力してるもん」と、和泉さんから言われたと聞きました。

二の腕の振袖を無くしたい、ふくらはぎを細くしたい、アゴの肉をすっきりさせたい。すべて、筋肉の問題です。つまり、美しさには努力が本来つきものなのですが、困ったことに、運動欲は本能的にはないようなのです。今日もまた、どこかで、誰かが、元々スタイルの良い人が推奨する器具に飛びついているのではと思う次第です。

それも、仕方のないことかもしれません。ある運動セミナーで女性のメンバーに指導者がキムタクなら毎日来るか、男性のメンバーに指導者が竹内結子なら毎日来るか、と聞いたところ、「そりゃ、毎日来るよ」と異口同音に答えられたとのことです。指導者や推奨者にはカリスマ性が必要ですし、商品に付加価値を与えすぎることもあることを覚めた目で見ることも必要なのではないでしょうか。

食事の摂りすぎだけで、摂らなすぎが問題にされないのは、なんでやねん

国の勧めている食事の指針の象徴である、独楽《こま》のかたちの絵のポスターをコープなどで見かけたことはありませんか。国から要請を受け、この独楽の絵のままの指導を試みた、国立大学所属の知り合いの先生から聞いた話です。運動を指導する群、食事を指導する群、運動と食事をともに指導する群、対象群（効果の期待出来ないような指導をする群）にわけて効果を測定されたとのことです。

この独楽の絵のままの食事指導を試みた群はきっちりと肥満になられたそうです。その結果は、発表することは出来なかったようです。

実は、想定を大きく超えた肥満の少ないわが国では、肥満より虚弱に問題が多いのはご存知でしょうか。細かい数値を現すのは、別の健康誌で見ていただくとして、大雑把にいうと、活動量がややあって、やや小太りの人が健康度が高いという報告が多く提出されているのです。

問題は、虚弱です。筋量と筋力の低下です。寝れて、座れて、立ち上がれて、歩ける。これらが出来ることが最低限の筋肉の力として必要です。最終的に身体を守るのは筋肉に他なりません。食べなければ、筋肉を保てませんし、動かさなければ筋肉は落ちる一方です。必要最低限ではなく、余力のある動きには、正しい食事が必要なのですが、せめて、虚弱を招くような食生活から脱却すべきだとは思うのですが。

介護施設に勤める管理栄養士に聞きました。「せめて、これぐらいは、食べてよね」と勧めるのですが、食べたくない、どうせ私なんか、別に、といった反応が返ってくるそうです。ご老人はゆっくりしか症状は進まないことがありますが、食べるというアクションのためのスイッチオンさせる、心のアプローチの出来る指導こそ大切だとは思うのですが、全く自信がないとのことなのです。「どうせ私なんか」の気持ちをクリアする方策、摂らなさ過ぎが問題なのに、対応出来ないというジレンマを語られました。

国は、虚弱に代わるスティルという言葉を前面に出し対策を練ろうとはしています。摂らなさ過ぎが問題なのはわかっているのに、食べるのは本人の意思です。特定保健指導の失敗の繰り返しとならないことを祈ります。

若年層の摂らなさ過ぎには、間違えたダイエット、拒食症も含めた精神的・心理的な問題があります。太りすぎ、食べすぎの改善の指導よりハードルが高そうです。

毎年、どんどん新たな病名や病気の概念が出てくるのは、なんでやねん

今年105歳で亡くなられた日野原先生の発案だと記憶しているのですが、長年にわたり使われてきた成人病という病気の総称が、生活習慣病と名づけられ、そのネーミングに皆様も納得されていることでしょう。若年層にも、糖尿病などの成人病が広がり、成人病という表現がそぐわなくなったという違和感のため、適切な名前として判断されたとのことです。生活習慣病と名づけられた意味合いとしては、云わば、自己責任とも言える生活習慣が、これらの病気の大きな起因となっているからと説明されています。

早期発見・早期治療の時代は過ぎたとされ、生活習慣病にならないようにするための国民皆保健指導の時代だと認識されていますが、多くの人々にとって、未病の段階で自身に目をやり、生活を変えるということは難しいようです。

さらに、その生活習慣病も、生活不活病から、ロコモティブシンドローム、そして新たに、

フレイル・サルコペニアという概念まで出てきました。

ところで、「どんどん、新たな病気の概念が出てくるのは、なんでやねん」と思いませんか。

全く話は違うように思われるかも知れませんが、「一万人当りのベッド数と医師数が図抜けて多いのが大阪。大阪の一人当りの医療費が高く、平均寿命が短いのは、なんでやねん」と疑問を感じます。医師の数と医療費は相関関係にあるようです。

「新薬の認可と、基準値の変動のタイミングがあう場合が多いのは、なんでやねん」と思いませんか。

仮に、塗布するだけで虫歯にならない調剤が開発されたとすれば、普及するでしょうか。腰痛を一発で治す治療法が出来たら、普及するでしょうか。

これらの事象は共通の答えを含んでいるように思えます。共通の意図さえあるような気がします。供給が需要を引き出してはいないでしょうか。

「人生の最後を病院などで寝たきりで終えるまでの期間が一番長い日本人の健康寿命が、世界一とアピールされているのは、なんでやねん」と思いませんか。一部のTV番組や雑誌から情報を得るだけでなく、真実を把握し、理解する目を養うには「なんでやねん」という姿勢に尽きると思います。

第4章

スポーツとビジネスの世界は違うようで同じところも多いのは、なんでやねん

スポーツでもビジネスでも
適正なマーケティング、メディア、
メッセージの３Ｍ
そして「なんでやねん」

昭和60年の、甲子園バックスクリーン3連発だけが話題になるのは、なんでやねん

日ごろ、プロ野球に関心があまりない人さえ引き付ける、32年前、昭和60年の阪神・巨人戦の甲子園第2戦における、バース、掛布、岡田のバックスクリーン3連発は、プロ野球の歴史に残るプレーであったことを否定するつもりはありません。当時、タイガース関連の仕事をしていた友人が、タイガースの話になると真っ先に話題にする、直前の第1戦のポイントを紹介します。

1点ビハインドの2アウト1塁、ランナーは岡田、バッターは佐野の場面で、佐野はショートフライを打ちます。このフライを遊撃手が落球したのですが、その時点で何と、岡田は3塁を回っており、生還を果たすのです。2アウト1塁で凡フライ、一塁ランナーが一所懸命走るケースはほとんどありません。世の中、何が起こるかわからない。岡田選手のファインプレーと言うより、気力と言えると思います。派手な事象ばかりが注目され、地味だけど大きな意味あいの事象が注目されないのは、なんでやねん。

この年は、タイガースにとって、いろいろなエポックの年です。御巣鷹山で球団社長が亡くなられていますし、初めての日本シリーズ優勝の年でもありました。

岡田選手は、この年初めて、スポーツ用品のアドバイザーではなく、一般商品のCMに出演しています。そのスポンサー会社の社長は、その前年に6位に近い5位で終わり、監督が交代するチームの選手を翌年（昭和60年）のCMに推薦する代理店営業に、「君が次は必ず優勝争いをすると言うのなら、私は優勝すると思うので契約する」と言われ、岡田選手に加えて、池田投手と川藤選手の3人とCM契約をされたとのことです。

企業や組織にとって、ホームランも必要ですが、2アウト1塁で凡フライのときにでも一所懸命走る真摯な選手がいてほしいものです。

その岡田選手はその後、阪神タイガースの監督としても優勝を経験しています。2リーグ分裂後、僅か5回しか優勝していないタイガースで中心選手としても監督としても、優勝を経験したのは吉田氏と岡田氏だけなのです。

ところで、星野監督の1年目は4位、2年目は優勝、岡田監督の1年目は4位、2年目は優勝だったのを覚えておられますか。金本監督の1年目は4位です。吉兆だと思うタイガースファンが多いとのことです。

何時に終わっても阪神電車は動くから？「甲子園球場には駐車場がありまへん」のは、なんでやねん

特段、タイガースファンだったということではなかったのですが、友人・知人の影響でなんとなく、いつしかタイガースが気になる存在となり、今年は何回も甲子園に観戦に行きました。勝ったら嬉しいものですし、良い試合でも負けたら悔しいものです。どっぷりではないですが、それなりにタイガースファンになってしまったようです。そして、甲子園球場と阪神タイガースにはさまざまな「なんでやねん」の素材があります。阪神タイガースが全球団の中で、10，000試合達成第一号なのは、なんでやねん。甲子園球場には駐車場がないのは、なんでやねん。昭和60年の阪神優勝の年、甲子園バックスクリーン3連発だけが話題になるのは、なんでやねん。甲子園球場のタイガース戦、何時に終わっても阪神電車が動いているのは、なんでやねん。

野球の試合開催も当然商売なわけです。スーパーやコンビニの例をとるまでもなく、駐

車場のあるなしは集客の大きな要素です。甲子園駅までの交通機関を持っている阪神にとって、甲子園球場には駐車場がありまへんのは、収益の大きな要素であり、何時に終わっても電車を走らせるというシステムが安心感を持たせているのではないでしょうか。

一昨年の２０１５年に阪神タイガースは80周年を迎えましたが、読売ジャイアンツはその前の年２０１４年に80年を迎えたはずなのに、１０，０００試合達成が阪神タイガースより遅かったのは、読売ジャイアンツが国内プロ野球の公式戦に参入するのが阪神タイガースより遅かったからで、だから１０，０００試合達成も遅かったのです。巨人軍が設立され、巨人軍がアメリカ遠征の間に阪神や南海など職業野球の団体が出来て、公式戦が始まっていたのです。２リーグ分裂後、藤本監督での昭和37年と昭和39年、吉田監督での昭和60年、星野監督での２００３年、岡田監督での２００５年の５回しかリーグ優勝のないタイガースと優勝回数では巨人と比べられないかも知れませんが、打倒巨人が想いのすべてだと、阪神ファンの友人が言っていました。

甲子園球場は日本一の球場と言われています。外野の芝生は2種類からなり、年中、緑を蓄えます。ダイヤモンドの土はプロ野球と高校野球で入れ替えるので、年間４度も入れ替えられています。観客席のプラスティックの椅子は毎年全面張り替えています。地道な努力が日本一の球場を維持しているようです。

プロ野球でも適正なマーケティング、メディア、メッセージの3Mが必要なのは、なんでやねん

昭和40年に第1回ドラフト会議があり、大方の予想を覆し阪神タイガースは育英高の鈴木投手を指名しませんでした。この年のドラフト生が昭和41年から登場しますが、ドラフト直前の昭和40年の春に登場した、野球生活を全う出来なかった下関商業の池永投手と、全うしなかった徳島海南の尾崎投手、全うした平安の衣笠捕手が特に思い出されます。彼らと同い歳には昭和44年大学卒の法政の田淵捕手と山本選手と富田選手、明治の星野投手、近大の有藤選手と藤原選手など綺羅星のようにいます。ドラフトの当たり年とそうでない年があるのは、なんでやねん。因みに、長年にわたり『ビッグコミックオリジナル』に掲載されていた、「野球漫画あぶさん」は、彼らと同年という想定です。

ドラフト会議の象徴として語られるのが、阪神球団の田淵捕手指名と彼の潔い入団、空白の一日という理屈を掲げた江川投手の同球団の指名と、その後の入団の仕方です。

ところで、ドラフト会議の逆指名がなくなったのに、ホークスに若手の良い選手が多いのは、なんでやねん。チーム作りの戦略がしっかりしているのではと、評論家が述べられているようです。資金力の乏しい広島カープはスカウト陣の見る目と対応が良いとされており、日本ハムファイターズは養成力にすぐれていると一般的には言われているようです。

私は、どの球団が好きというのはあまりなかったのですが、周りに阪神タイガースファンが多いのは確かです。スポーツ紙に目を向けますと、関西では報知以外の、日刊、スポニチ、サンスポ、デイリーの4紙はタイガースが一面に、関東ではデイリー以外の、報知、日刊、スポニチ、サンスポの4紙がジャイアンツが一面になっています。野球場への入場者数も甲子園と東京ドーム（球場の座席数・許容人数が違うので、実数はもっと異なっているかも知れません）は、常に1位と2位を争っています。にも関わらずジャイアンツの主催ゲームの地上波がほとんどないのに、タイガースは主催ゲームに限らず、ジャイアンツ戦以外のアウェーの試合の大部分のゲームまで地上波があるのは、なんでやねん。

テレビ中継があるというのは視聴率が稼げるからに他なりませんし、視聴率が稼げないからジャイアンツの主催ゲームの地上波がなくなったわけです。

数と率のはき違いがありそうです。仮に同じように延べ280万人を動員出来るチームであったとしても、関東と阪神間ではパイが違います。乱暴な計算式ですが、来場者数だけを根拠にした場合、地上波による視聴者数は同じでも視聴率は数倍変わってしまうわけです。

強くさえあれば、引きつけるということでもないようです。商品の販売でも製品がよければ売れるというのではありません。適正なマーケティング、メディア、メッセージの3Mが必要なのは、プロ野球でも同じなのかなと思います。

アメリカンフットボールには7人ものジャッジがいるのに、サッカーは1人だけなのは、なんでやねん

人気のあるボールゲームとしては、我々の子供の頃は野球しかありませんでした。それが、今では、グラウンドで行われるボールゲームに限っても、サッカー（英国ではフットボールと言います）、野球、ラグビー、アメリカンフットボールなどが数えられます。我が国では、この4種目ともそこそこのファンと競技者がいます。サッカーは全世界的ですが、他の3競技は地域性のある種目と言わざるを得ません。私が学生のときのわが母校はアメリカンフットボールの関西学生リーグで、ほぼ常に2位をキープしていましたのでたまには見に行ったものでした。

「アメリカンフットボールには7人ものジャッジする人がいるのに、サッカーは1人だけなのは、なんでやねん」との表題を見て違和感を感じた人がおられるかも知れませんね。サッカーは1人の主審と2人の副審がいて3人いてるやんかと思われているのではないでしょうか。どこが1人やねん、間違えたことを書くなよとも思われているかも知れません。

アメリカンフットボールでは7人が同じように判定しますが、実は、サッカーは主審がすべての判断を決定するもので、2人の副審がいるように見えるのですが、この2人は線審という立場で、主審をサポートするだけの立場、極端にいうと参考意見としてフラッグを上げるだけのポジションなのです。したがって主審がプレーオンのサインをするとフラッグは降ろすものなのです。

草サッカーの選手のなかには、線審がフラッグ上げてるやんか、主審、なに見てんねんと怒鳴っている場面に出くわすことがあります。

なんで1人やねん。昔のワールドカップでマラドーナーの手でいれた点を見逃すというのも1人やからやないか反省ないんかという意見なのでしょう。

イギリス発祥のサッカーは紳士のスポーツであるとの前提なのでしょうか。それなら、選手のパンツのポケットがゲーム中で破れていた時代があったのは、なんでやねん。

一般の人にはわかりにくいサッカーのルールを1つ上げますと、ハンドという反則です。選手が故意に手を使ったと主審が認めたときに、ファールになるのです。審判の権限の大きさのわかるルールではないでしょうか。ゲームのすべてを左右する主審が国際試合で利害の薄い第3国出身でないかどうかも、かなり結果を左右するかも知れないのです。

その点、アメリカンフットボールではフラッグが飛んだ時点でゲームが中断となりますので、ジャッジは正確と言えるのかも知れません。

プロ野球選手や、力士に故障が多いのは、なんでやねん

今年のセ・リーグは最後の最後までCS進出のチームが決まらず、特に、巨人や横浜のファンはヤキモキし、一喜一憂されたのではないでしょうか。しかしながら、結果としてぶっちぎり優勝の広島を除く阪神、巨人、横浜の争いは低レベルだと言わざるを得ません。

その差は、何だったのでしょうか。1つは選手層の厚さ、もう1つは重篤な故障をさせない身体作りと体制作りのような気がします。広島は前田が抜けて優勝し、黒田が抜けてかつ途中から4番の鈴木が抜けて連覇です。勝負の世界に「タラレバ」は禁句ですが、阪神ファンにとっては、「メッセンジャーが怪我してなかったら、藤浪が一昨年の藤浪だったら」との思いが強く、巨人ファンにとっては、「陽岱鋼が故障なくシーズン前半から出ていたら、長野が一昨年の長野だったら」との思いが強いのかも知れません。

アメリカのプロスポーツでは、コンディショニングトレーナーがNOと言ったら監督が使

いたいと言っても駄目なほどコンディショニングトレーナーの権限が強いとされているようです。彼らは、軽症あるいは傷める前に選手の状態を把握していると言われているのですが、それ以上に故障しにくい体力づくりの指導に秀でていると思われます。

大相撲に目を向けると、9月の秋場所が顕著な例ですが、横綱3人を筆頭に人気力士が多く休場しました。相撲では稽古、野球ではトレーニングということになるのでしょうが、動きやすい身体に整えるコンディショニングも大切だと思います。

強化また強化でスポーツに適した体力はつくれるのでしょうか。故障しない、柔軟な筋肉や関節が土台に必要なのではないでしょうか。

故障の多い力士や野球選手のニュースを聞くたびに、コンディショニングのコーチングは、正しい理論に基づき指導するものであってほしいと思いました。

一般の方々の健康づくりの運動においても、トレーニングばかりになってないでしょうか。健康のために通うジムで身体を壊したら、笑い話ではすまないのではないでしょうか。

第5章

フィンランドに惚れまくったのは、なんでやねん

国土面積は日本と同じなのに人口はわずか530万人のフィンランドが地球が直面する最大級の課題に解決策を提示する創意発明の国になるのは「なんでやねん」

フィンランドデザインに感動したのは、なんでやねん

2013年7月、フィンランドのヘルシンキに初めて行きました。関西国際空港から9時間半と比較的ヨーロッパのトランジットとしては、重宝されているフィンエアーに乗った途端、ビジネスクラスだったせいかいきなり「marimekko」のナフキンをはじめ、「iittala」の食器など機内がフィンランドデザインに包まれ、はじめて味わう色彩感覚に感動し、旅への期待感が溢れました。ヘルシンキの街を散策するにつれ、交通標識や信号機など、グレー、柿色、濃紺を基調とした色合いが多く使われているのは「なんでやねん」と思い、それが私の創作意欲をかきたて、弊社「Finn'」ブランドの文具やバッグの発売

フィンダッシュ ドキュメントスタンド

にまで発展したのです。フィンランドのデザインが素晴らしいということは、イタリア・ミラノに拠点を構えるプロダクトデザイナー喜多俊之氏から兼ねてより聞いておりましたが、北欧デザインの独特な優しさと可愛らしさ、またムーミンを代表とする妖精の不思議な魅力に改めて気づかされました。

翌年の２０１４年は、ムーミンの作者トーベ・ヤンソンの生誕１００年にあたり、本年２０１７年はフィンランド独立１００年ということもあって、フィンランドに対する強い関心が商品化に繋がったのです。フィンランドデザインは、暮らしそのものをデザインする意識が根付いており、フィンランド人特有の独自の文化を築いていこうとする、少し日本文化に似た「さりげなさ」という共通の感覚があり、目立たないところに気を遣うという側面が親しみを感じさせます。そのことは、モノからコトへと幸せの基準が移りつつある現代に、まさしく適応していくデザインなのです。

先日の弊社85周年記念パーティーにて、フィンランド大使 ユッカ・シウコサーリ氏は、

フィンダッシュ クリップボード

「ピュア・シンプル・自然」をモチーフにするフィンランドデザインを採用した「Finn」ブランド商品の未来に、大きな期待を寄せるとともに、さらにフィンランドとのデザイン交流の推進に力を惜しまないというスピーチをいただきました。ここ数年前から北欧ブームが起こっている今こそ、さらにフィンランドのデザインに力を入れるべく、10月末に弊社デザイナーを数名引き連れてフィンランドのデザイナーと交流を深めました。

今回のフィンランド在住若手デザイナー11名は、フィンランド大使館の上席商務官 木村正裕氏からの紹介約30名の中から弊社が選考させていただき、より優れた日本のデザイン感覚にマッチしていると思われる方々であり、それぞれのプレゼンを熱心に聞かせていただきました。その中には、日本の大手企業のデザインに携わっている方や、日本

フィンランド大使ユッカ・シウコサーリ氏　セキセイ創業85周年記念パーティにて
2017.7.5

の大学へ留学経験がある方もいらっしゃいました。各人独自のデザイン、特にステイショナリーや陶器など興味深いものがたくさんあり、大変有意義なミーティングだったと思います。

おかげさまで、このようなフィンランドデザイナーとのレセプションミーティングが開催出来たのも、弊社セキセイの「Finn」ブランド商品誕生も、まさに、似鳥会長のおっしゃる「運は創るもの」の精神を、自ら現実に導かせていただいたと思います。

レセプションミーティングの会場　LOYLY（ロウリュ）
サウナも楽しめる海の見えるレストラン

フィンランドデザイナーとレセプションミーティング　2017.10.23

熱心にフィンダッシュのコンセプトを述べる筆者

茶道、裏千家がフィンランドに力を注ぐのは、なんでやねん

私は現在、関西・日本フィンランド協会の理事をさせていただいております。理事長は御年94歳の裏千家大宗匠・千玄室氏であります。裏千家は、現在37カ国111カ所に茶道裏千家淡交会の拠点を所有し、茶道の普及に邁進されています。2012年に、世界遺産であるヘルシンキ近くのスオメンリンナ島との海上煉瓦要塞の中に、なんと畳三畳と八畳の茶室「徳有庵」を建設され、2013年6月には大宗匠がお披露目のお点前をされました。

そこまでされるのは「なんでやねん」と思われる方もいらっしゃると思いますが、フィンランドは日本と似通った点が多く、またたいへん親日的

裏千家千玄室大宗匠と 今日庵にて

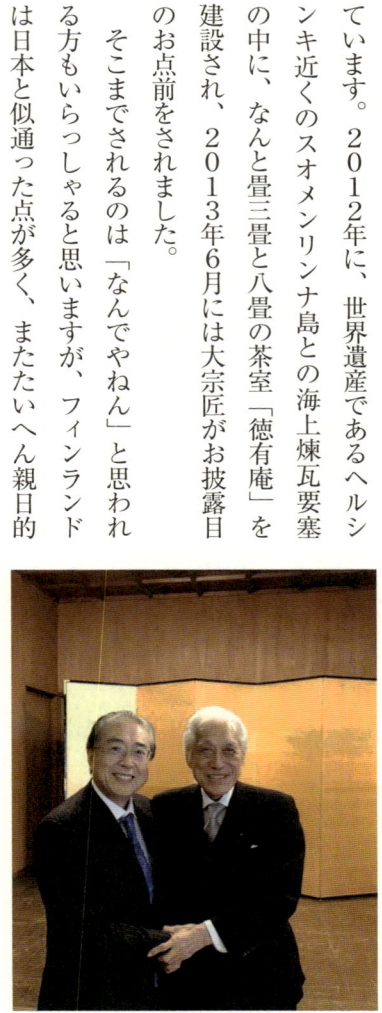

で、日露戦争でロシアを倒したという歴史から、万歳ビールが今なお健在だというように、日本の文化を代表する茶道の人気には想像以上のものがあります。

日本は白地に赤、フィンランドは白地にブルー

「徳有庵」の外観

茶室　天井は煉瓦づくり

STIL SPRINGWATER

と、両国の国旗のベースも白になっており、茶道、華道、武道という心の持ち方やその精神を磨くという点で、精通しているからだと思われます。また、フィンランドは水と湖の国であり、どこでも蛇口をひねると日本と同じく水道水を飲むことが出来て、Novelleもとてもおいしい水であり、そんなことからも茶道にとって水は、とてつもなく重要な位置付けだと思います。

今回は、京都今日庵で修業し現在ヘルシンキ在住のミカ・マケラ氏に「徳有庵」を案内していただき、我々一行は貴重な体験をさせていただきました。こんな要塞の中に、しかも世界遺産でありながら、日本の伝統の茶室を造ることが出来たのは、なんでやねん。フィンランド大統領ならびに政府の、日本への大きな理解があったからだと思います。

「徳有庵」の玄関（内部）

裏千家ヘルシンキ淡交会の方によるお点前

裏千家ヘルシンキ淡交会のみなさまと

フィンランドが世界的に高い知的評価を受けているのは、なんでやねん　その1

フィンランドの正式な国名は「スオミ共和国」と言います。言語はフィンランド語とスウェーデン語からなっています。面積は、日本と同じなのに人口は530万人しかいません。国際的に見て、フィンランドは教育などのランキングでトップレベルにあるだけでなく、雇用や所得、環境の質、福祉、個人の安全、社会的なつながり、住宅、ワークライフバランスというような広範囲の基準において、平均以上の評価を得ています。

大きな都市ももちろんありますが、国の面積の約75％が森。無数の森林（フィンランドは欧州で森林の密度が最も高い）や約18万8000の湖沼など、手つかずの圧倒的な大自然があることもフィンランドの誇りです。39カ所の国立公園を中心に広大な緑の平原や水辺が広がっており、一年中自然を楽しめるのはもちろんのこと、大都市からのアクセスもよく、まさに森と湖の国と言っていいでしょう。森の妖精ムーミンの国、サンタクロースの住む国、作曲家ジャン・シベリウスの国として世界中に名前が知られています。

本年、2017年で独立100年を迎え、2年後の2019年には日本との国交100年を迎えます。まさに、日本から最も近いヨーロッパ国であり、最近北欧ブームのスウェーデン、デンマーク、ノルウェーと並んで大変人気がでてきました。国会議員の半分以上が女性で占められており、女性の立場に立った政治が行われ、社会福祉や子育てはもちろんのこと、特に教育には目を見張るものがあります。日本と同じく海、山、自然に恵まれた環境で生活を賢くエンジョイする国民性は、音楽芸術文化にも共通点を見出すことができ、前述したように国旗も白がベースになっていることからもすべてにおいて原点回帰の思想が漂っているように思われます。

フィンランドのお国柄は、こうした自然と似ているところがあり、誠実で、清潔で、率直です。インフラも整備されているため、物事を順調に勧められる機能的な国でもあります。まさに、冒頭で述べたような高い評価を得ている理由がここにあるのです。

ジャン・シベリウス公園

フィンランドが世界的に高い知的評価を受けているのは、なんでやねん　その2

福島原発事故後、フィンランドの使用済み核燃料最終処分場「オンカロ」の名前が日本でも知られるようになりました。２０２０年頃からの運用を目指し、世界で初めて建設されている原発の燃え殻の地中処分場です。フィンランドは、福島事故後に真っ先に新規の原発導入を宣言した国でもあり、脱原発の方針をいち早く決めたドイツやスイスと対極にあるのは、なんでやねん。

先般、９月の中旬にフィンランドの国会議員の方々が12名福島を訪れ、帰りに裏千家の今日庵と京都大学を訪問されました。その夜、関西日本フィンランド協会主催の夕食会が京都がんこ高瀬川二条苑で行われ、参加して

Ossi Lantto 国会議員とがんこ寿司志賀副会長と京都がんこ高瀬川二条苑にて

いただきました。がんこフードサービス株式会社・志賀茂副会長の銘酒の差し入れもあり、たいへん賑やかに歓談ができ、私も弊社ブランドの「Finn」ブランドなどをPRさせていただき、楽しいひとときを過ごすことが出来ました。

その一週間後に、フィンランドでその時のOssi Lantto国会議員とヘルシンキのLAAPIでトナカイやサーモンの美味しい料理をご馳走になり、「エネルギーは来る新世紀の開発分野のひとつであり、リサイクル関連のソリューションや、木材由来の素材など再生可能燃料開発が大切であり、ナノテクノロジーを利用すれば空気中の炭素といった鋼鉄の100倍の濃度も可能であるカーボンナノ素材が出来る」という話など、フィンランドの資源利用についてお話していただきました。

また、フィンランドでは太陽光発電や小型の核融合炉などの開発により、燃料電池技術の革新的な開発に取り組んでいるそうです。サウナを発明し、キシリトールガムを開発したフィンランドが、自然の資源をフルに活用した素晴らしいエネルギー開発に取り組み、エネルギー供給ソリューションの輸出サービスに力を注いでいるのは「なんでやねん」と思います。

Ossi Lantto 国会議員とフィンランド LAPPI で再会

トナカイ料理

フィンランドの子供たちの学力が世界一なのは、なんでやねん　その1

フィンランドの教育は世界の注目を集めています。フィンランドの子供達の学力は世界のOECD（経済協力開発機構）の調査によりますと、世界№1という結果がでています。OECDとは、世界の経済、貿易の成長や拡大などを目指す先進国のグループです。この調査は、15歳の子供たちを対象に、「読解力」（言語や情報を使う力）や数学的リテラシー（算数や数学を使う力）、科学的リテラシー（理科を使う力）などを図ります。

さて、フィンランドが世界で1番になった理由は、なんでやねん。たとえば、日本では国語の時間に漢字を習うとすると、クラスのみんなは一緒に漢字の勉強をします。しかし、フィンランドでは違います。ある子供には作文を書かせ、ある子供には本を読ませ、ある子供には文法を教え、ある子供にはいわゆる個人別授業をと、教師は子供それぞれに同時に別の指導をしています。一人一人の子供達の個性やその子供にとって、いま何が必要かを考えて授業を進めているのです。さらに、1クラスを25名以下に抑えていることで、より一層充実した授業ができ、クラスの担任の教師のほかにアシスタントの教師を置いて授業の内容がわからない子供をフォローしたり、補修をしたりします。そのため、授業の様子は一見ばらばらに見えますが、そこにはフィンランドの教育の1つの特徴が表れているのです。

今回のフィンランド訪問に際し、フィンランドの日本大使館を訪問させていただきました。一等書記官の須賀可人氏と、専門調査員・北見静英奈氏にお会いでき、フィンランド教育についてのお話を聞くことが出来ました。

フィンランドの教育の基本には、「勉強は自分のためにするもの」という考え方が根底にあり、つまり、授業の内容を理解できない子をつくらないようにする教育方針が徹底されています。このように、フィンランドの基礎教育学校（小学校と中学校）総合制学校とも呼ばれ、知識・技能の社会構成主義を教育・学習原理として採用しています。教師が答えを教えるとか情報を伝達するという教育でなく、子供が自ら、個人的にあるいはグループで話し合い、知識や技能を身につけていくという学習

フィンランドの日本大使館を訪問

の仕方に重点を置き、このような学習を支援することを教育ととらえています。

たとえば、日本はお遊戯の時間はみんなお遊戯をすることが当たり前になっていますが、お遊戯をしたくないと子供が主張すれば、それを見ていなさいと無理にさせない方法を取っており、その子供の主張を尊重し「個を活かす」教育方針をとっています。いわば、子供の自立と自主性の尊重を一番に考える教育なのです。

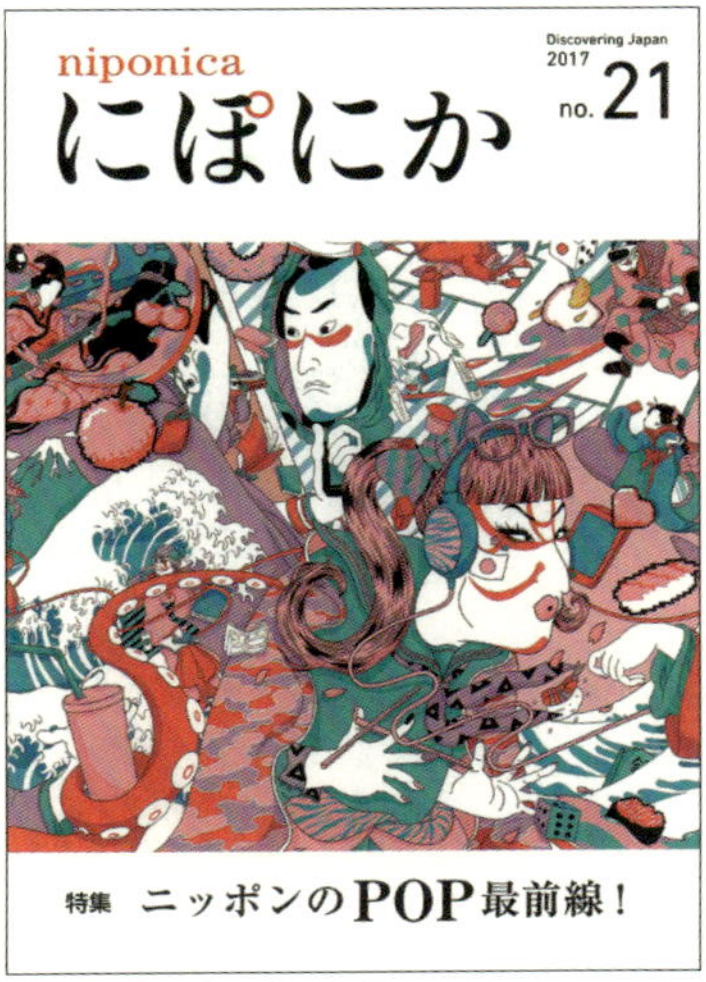

日本国外務省発行の「にぽにか」
現代日本の社会、文化を世界に紹介するカルチャーマガジン

フィンランドの子供たちの学力が世界一なのは、なんでやねん　その2

フィンランドでは、小学校から大学まで教育費がかからないのは、なんでやねん。その答えはすべて国立であり、私立がないからです。政府がすべて税金でまかなっているので、学費（もちろん教科書、給食、通学費用など）学習にかかわる費用はすべて無料です。したがって、裕福な子供もそうでない子供も、同じ条件で授業が受けられるのです。学校差や偏差値の差もないために、みんな近くの学校に通います。受験勉強の必要もなく、中間試験や期末試験もありません。普段の試験はありますが、点数を取ることよりも分からないことがあれば自分で調べるための試験です。いかに、自分のために勉強するのか、試験のための勉強ではなく実力をつけていくのかが重要視されています。

小学校の授業などは、20分すれば15分休憩、1時間の中でも休憩時間が15分から20分あり、ほとんどの授業が午前中で終わります。それは「なんでやねん」と尋ねると、自分で勉強出来る素晴らしく楽しい図書館が充実しており、本を読むことを国家としてたいへん推奨しており、力をいれているからです。特に女子の方が男子よりも読書好きが多いそうです。したがって、国会議員の半数以上が女性であるということも理解出来ます。読書は一般に、読解力がつき、会話と違って文法力もつきます。普段の会話とは全く違い、言葉の並ぶ順番も異なり、作文や論文など、論理的に書くことができ、理解することも出来ます。国語が理解出来ると、他の科目も理解しやすくなり、自信に繋がります。

特に算数などの応用問題は、問題自身の問いかけを理解しないと答えることが出来ません。いわゆる算数以前に、国語の読解力が必要なのです。たとえば、つるかめ算や過不足算、時計算や植木算など、最近の小学校ではこのような算数問題がなくなったのは、なんでやねん。私は残念なことだと思います。中学校の数学でx、yの代数で解くと簡単に解けるので小学校での算数の授業から省かれたのかもしれません。私の経験から申しますと、あの小学校の時の算数のつるかめ算や通過算などは、本当に人生の考え方や見方を学ぶのには大変よい方法であり、私の人生には、とても役に立っていると思います。「二時と三時の単針と長針が重なる時刻を求めよ」という時計算などは、まさに、通過算の応用であり単針を普通列車、長針を急行列車に例え、急行列車が普通列車を追い抜くというような考え方で時計算を解いていくのです。植木算など、たとえば6本の木を5m間隔で立てるとすれば、その長さは30mではなく25mというトンチのような問題もあります。ここでつるかめ算の問題を出します。

【問題1】

つるとかめが合わせて9ひきいます。足の数は合わせて26本です。つるとかめはそれぞれ何匹いますか。

【問題2】

120円、150円、200円のペットボトルを合計40本販売し、売上は5990円でした。150円のは200円の3倍売れたそうです。それぞれ何本ずつ売れたでしょうか。

このような算数問題でも読解力が必要であり、それを教える小学校の先生の資質こそ重要です。読解力が世界一というフィンランドの教師の資格には、かなり厳しい審査があり、国を上げての取り組みが学力世界一に通じたのではないでしょうか。日本も○×や、選択方式から論文形式に変わろうとしておりますが、教育に関してはフィンランドをお手本にし、発想力、論理力、表現力、批判的思考力、コミュニケーション力の強化を目指し、競争でもない、ゆとりでもない、詰め込みでもない、放任でもない本当の教育方法を学ぶべき時が来ています。

東山魁夷が森と湖の国フィンランドを愛したのは、なんでやねん

フィンランドと言えば、大自然森と湖の国である。東山魁夷は1962年の初夏、53歳のときフィンランドに数え切れないほどある湖をつなぐ航路にある「銀の道」という景観の美しい船旅をしました。彼の作品には、「二つの月」、「山湖遥か」、「ヴィラットの運河」などの作品がたくさん残されており、特にフィンランド風の「緑響く」は大変有名であり、清らかで静かな森の中を一頭の白馬が颯爽と歩く姿が湖面に映る作品であり、1982年のパリ展に出展されたのでも知られています。私もこの絵が大変好きで、模写を試みたこともありました。

著者が「団栗会」に出展した作品
東山魁夷画伯「緑響く」の模写

国歌のように慕われている作曲家ジャン・シベリウスの曲も、まさに壮大な森と湖の風景が思い浮かびます。自然に恵まれた環境で育ったシベリウスは、今もヘルシンキのシベリウス公園に顕彰碑が建っており、観光地のひとつになっています。

白夜と極夜が半年ごとに繰り返されるという自然の厳しさが、ある意味では、芸術や文化、建築の生まれる素地を育んできたのではないでしょうか。窓ガラスを大きくし、太陽光線を多く採り入れる建築デザインは、世界的にも大変注目されており、さらに森林の良さを活かした木材をふんだんに使った室内装飾や、外壁の建築などは素晴らしいものがあります。さらに、ライフサイクルカーボンマイナス（ＬＣＣＭ）住宅にも取り組んでおり、日本家屋の伝統的な考え方を取り入れ、風通しの良い省エネルギーにも力を注いでいます。２０２０年、オリンピック、パラリンピックの会場となる隈研吾氏の設計した新国立競技場は、木材をふんだんに取り入れており、まさにフィンランドのＬＯＹＬＹ（サウナ）のような木の自然素材を取り入れた感覚は未来に向かってはばたく生活デザインのベースになるような気がいたします。

隈研吾氏と 大商セミナー講師控室にて

現代人がウッディーやナチュラリズムにあこがれるのは、なんでやねん。弊社の宣伝にもなりますが、木でできた輪島塗ボールペン「雅風」に続き、メープル、オーク、ローズウッド、バンブーなど天然木の感触をそのままに活かしたＡＺＯＮＸナチュラリズム油性ボールペンを来年発売いたします。ご期待ください。

木材をふんだんに使った
レストラン LOYLY

窓を大きくとったデザイン建築

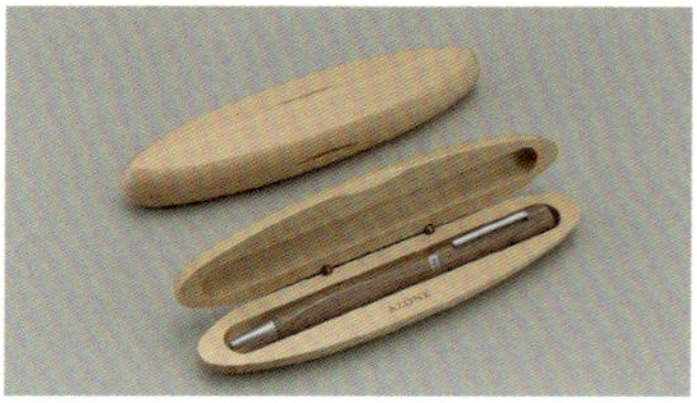

ナチュラリズムボールペン

快適で居心地のよい暮らしにデザインが欠かせないのは、なんでやねん

私の最も尊敬しているプロダクトデザイナーに、喜多俊之氏がいます。喜多氏は、世界の建築家 安藤忠雄氏から一昨年、紹介していただきました。また、前述した新国立競技場の設計者・隈研吾氏とも懇意にされています。

今年も第9回目のLIVING&DESIGN展が行われ、総合プロデューサーとして活躍されています。「デザインは形だけではない、暮らしそのものだ」と言われており、家という限られた空間の中で一番くつろげる場所、ごく普通の日常の暮らしこそが最も人生において大事なことなのです。そんなコンセプトで、インテリア家具

ヘルシンキ・インターナショナルエコデザインエキシビジョンのキュレーター及び審査員長を務める喜多俊之氏

をはじめ照明や食器、小物にいたるまで幅広くデザインされています。

喜多氏は、ミラノに事務所を置かれ、イタリア家具の老舗カッシーナをはじめ、世界的な家具メーカーのデザインも手掛けられています。最近では、大阪北浜にある中央公会堂の見える素晴らしいビルに拠点を置かれ、工業デザインをはじめ伝統産業にも力を入れられています。秋田、青森、越前、輪島などの木工品や漆塗りにも昔から精通しておられ、日本の良さ、和の尊さをデザインに込めたものづくりを世界に発信すべく、邁進されておられるのには感銘を覚えます。

日本は今、ものづくりにおいてはコスト競争力がなくなり、今後の目指すべき進路として「ブランドとデザイン」はいうまでもありませんが、「モノからコト」に移り行く現状を見つめると、充実した満足出来る暮らしそのものが最も重要視されると思います。土地が高く、家が狭い日本の住居に、いかに彩りを加えるかを考えたとき、リノベーションを行うには新たな発想が必要であり、自然と調和した木を使用したフィ

喜多俊之氏と フランス料理店プレスキルにて

ンランド感覚の住居づくりも併せて考慮することが望まれます。喜多氏はフィンランドでの個展やデザインコンクールの審査委員長を務められるなど、その活動で知られています。私どもの「Finn'」とコラボレーションが出来ればと思っています。

第6章

殿ご乱心が、
殿あっぱれに変わるのは、
なんでやねん

なぜこんなに便利なのか、
なぜこんな商品が出来たのか、
「なんでやねん」から新しい
商品アイデアが生まれてくる。

殿、ご乱心からはじまるアイデア商品が、売れることが多いのは、なんでやねん

１００人が１００人良いと思うものが売れるとは限りません。１００分の１００の対象にうっすら届くより、１００分の10の対象に深く届くほうが印象も影響も大だと思います。良いものをつくりたいとの想いが、かえって特徴のないものを作らせるのかも知れません。10人中10人が良いと思うものより、殿ご乱心と言われたもののほうがヒットするのも、商品がとがっているせいだと自負しています。

良いだけで売れれば、広告代理店なんていらないし、良いだけでは売れないから広告代理店が存在するのではないでしょうか。ところで、商品が良いという思いは誰の発想なのでしょうか。商品の購買に結びつく、良いか、悪いかを決めるのは作り手ではなく買い手側の論理のはずです。一般的な目からみて、奇抜な服装をしておしゃれと思っている人がいるとします、タイガースファン、ファイターズファンにかぎるかもしれませんが、それ

が新庄（元）選手なら、何を着てもおしゃれに見えるわけです。年を重ねると、おしゃれに身だしなみのスパイスをかけるようになってきました。

突然に、白血球の話ですが、マクロファジーや顆粒球は細菌には対応しますがウィルスへの対応はほとんど出来ません。リンパ球が対応することになります。それぞれに得手不得手があるわけです。大手広告代理店が手がける１００分の１００の商品には力があるのだと思いますが、私どもの１００分の10の商品には多分、目も向けられないと思います。

そこで私たちはターゲットを絞り、ターゲットのニーズを呼び起こすような商品作りに励んでいる次第です。もちろん、そのためには、冒険も必要です。思いがけない冒険とかゆいところにも手が届く必然の狭間で商品の開発・選択に取り組んでいくことで、あっと驚く商品が生まれてくるのです。

商品開発に「なんでやねん」が必要なのは、なんでやねん

情報化社会、金融で動かしていく社会で、第三次産業に続き、また第四次産業と言われる波も押し寄せてきています。でも、ものづくりということにも集中していかなければいけないと私は考えています。

そのためには、商品開発が不可欠になるのですが、ここで力を発揮するのが「なんでやねん」なのです。「なんでやねん」という考え方がないと、商品開発は出来ないし、技術開発も出来ません。

なぜこんな商品が出来てきたのか、なぜこんなに便利なのか。常に「なんでやねん」と問題を発見し、追求していく姿勢が大事だと思います。

「昨日の贅沢は、今日の当たり前、明日の必需品」であり、人類は絶えず便利なもの、心地よいものを求め続けます。限りないものに対する利便性を追求するためには、現状に満足せず省エネかつエシカルで、未来に向かってローコストのものづくりが望まれます。

つまり、自然環境を損なわず、社会的弱者を支援し、地域社会、地域経済を応援する、エシカル消費に基づいた商品開発こそが究極の「なんでやねん」による商品づくりなのです。

車も省資源、省人材のＡＩ機能を搭載した自動運転に移行しつつあり、脳科学ともいうべき人間の心理をロボットが学習するという時代の到来は、今回グーグルが発売したＡＩスピーカー「Google Home」が物語っています。ソニーの法則にも書かれていましたように、自分の欲しいものをつくるという考え方は、未来永劫、人類の果てしない欲望がある限り続くでしょう。「なんでやねん」と言いながら……。

横のものを縦にすると売れるのは、なんでやねん

●キーワードは綴じこまないファイリング（シスボックス）

書類というのは横にしておくと整理しにくいわけです。机上などで、下の書類を探すのに苦労したことはありませんか。それを縦にしてみると使いやすい。この発想から生まれたのがシスボックスです。基本的には、横のものを縦にした、寝ているものを起こした。これだけのことで大ヒット商品になったのです。誰でも思いつきそうでなかなか思いつかない。

おかげさまで、今年で発売以来33年の大ロングラン商品となっています。さらに、シスボックスに仕切りをつけ、伸び縮みの機能を付けたのが「ドキュメントスタンド」、一般のクリアファイルが楽々と入るワイドなフォルダー「一件楽着」を組み合わせると投げ込み式の、まさにアメリカで言われているドロップファイリングシステムになります。

＜あど一歩、あど一工夫のアドワン スピリット＞

この使い方いいね！

ワイド&ハーフフォルダー「一件楽着」と
ドキュメントスタンドでドロップファイリング

大ヒットのシスボックスシリーズ

限りなく高透明なフィルムポケットにこだわったのは、なんでやねん

写真はなんと言っても、すっきりくっきり見える高透明フィルムが好まれます。写真台紙に弱粘着のりを塗り、塩ビの透明フィルムをかぶせて、縦横自由に写真をレイアウト出来るフリー台紙が重宝がられていますが、のりを使わずポケット式にさっと差し込むアルバムも好評を得ています。従来のＰＰからＯＰＰという高透明のフィルムを採用。写真を鮮やかに見せるだけでなく、よりくっきり見せることで、思い出がより一層鮮明によみがえります。

美しさを求められるのは、写真だけではありません。クライアントにより上質な印象を与える為に、美しい資料を渡したいというニーズに着眼し、Ａ４サイズのクリアファイルにも高透明ポケットを採用しました。

弊社の「パックン」シリーズでは、パックリと大きく開くポケットタイプの高透明カバー表紙がついており、表紙は自由にカスタマイズすることが出来ます。

限りなく透明なポケットにこだわった
フォトアルバム〈高透明〉特に人気の見開き12面

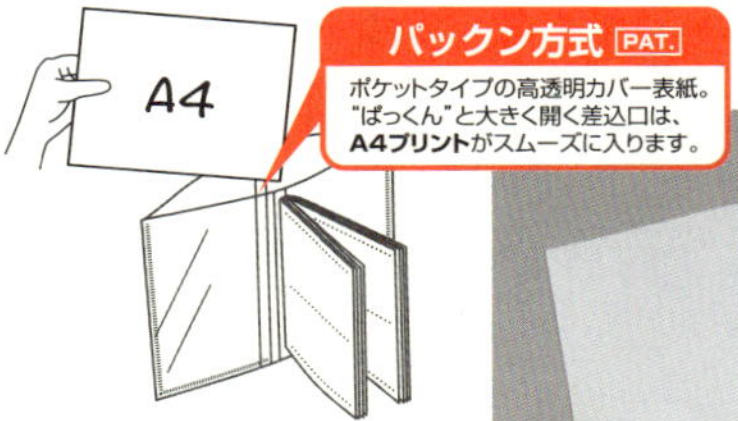
A4
パックン方式 PAT.
ポケットタイプの高透明カバー表紙。
"ぱっくん"と大きく開く差込口は、
A4プリントがスムーズに入ります。

A4プリントを入れると、
表紙を自分好みに手軽に
カスタマイズできます。

TRIP 2015

高透明ポケットを採用　パックンシリーズ
自由にオリジナル表紙がつくれるのも魅力

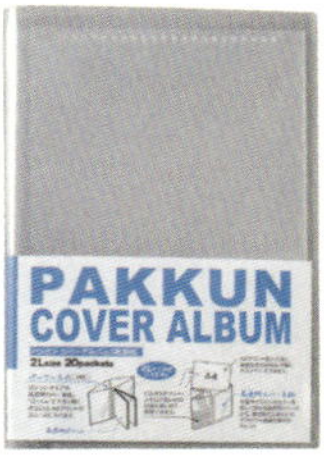
PAKKUN
COVER ALBUM

アルバム表紙にフレームがついたら売れるのは、なんでやねん

一冊のアルバムの表紙に、そのアルバムの思い出を代表する一枚の写真をフレームに入れると、インデックスの代わりにもなり整理もしやすいことから、大変好評を得ています。最近では、スマホから直接プリントが出来るプリンチャオなどが、ヨドバシ、ビックカメラ、コンビニなどに設置されているのをご存知でしょうか。スマホで手軽に撮った写真を、その場で素早く印刷出来るのが特徴です。

オリジナリティーと手軽さを求められている現代では、アルバムにもそのニーズが求められており表紙にフレームを付けることで、お気に入りの写真を入れるだけで特別な一冊になります。また、写真アプリのInstagramの流行から、ましかくサイズやチェキサイズが流行しており、メッセージグッズとしてブライダルや卒業など祝福や感謝の気持ちを伝えるグッズに最適です。

好評の「ましかく」フレーム付アルバム

発泡ＰＰ素材を使った商品展開が
発泡美人になったのは、なんでやねん

軽くて水に浮く新素材をファイルやバッグに採用。特に、発泡だから厚みがある割に軽いので、持ち運びにも重宝され、トラベルや作戦ボードなど外出先でしっかり書ける「クリップボード」が大好評です。さらに、クリップ部分にデザインをほどこした「エクセレント」シリーズは、Ｇマークも受賞。スタイリッシュな見た目だけでなく、機能面でも優れており、クリップについたすべり止めストッパーが、書類をしっかり固定します。まさに、クリップファイルの王者とも言えます。「ドキュメントバッグワブ」は、12仕切り13ポケットが付いており、重要書類や権利証、保険証 書などの整理にも適しています。持ち運びも簡単、一件書類として耐火金庫にも保管でき、いざという時にはすぐ持ち出せます。

「譜面隠し」は、Ａ４、Ａ３サイズの楽譜がおさまり、上下のフラップで楽譜をしっかり押さえます。パーティーの観客席から楽譜が見られないのが何より重宝されています。

これら全ては発泡ＰＰ素材でできているので、引く手あまた、まさに八方美人そのものです。

クリップファイル〈エクセレント〉発泡美人

クリップファイル　発泡美人

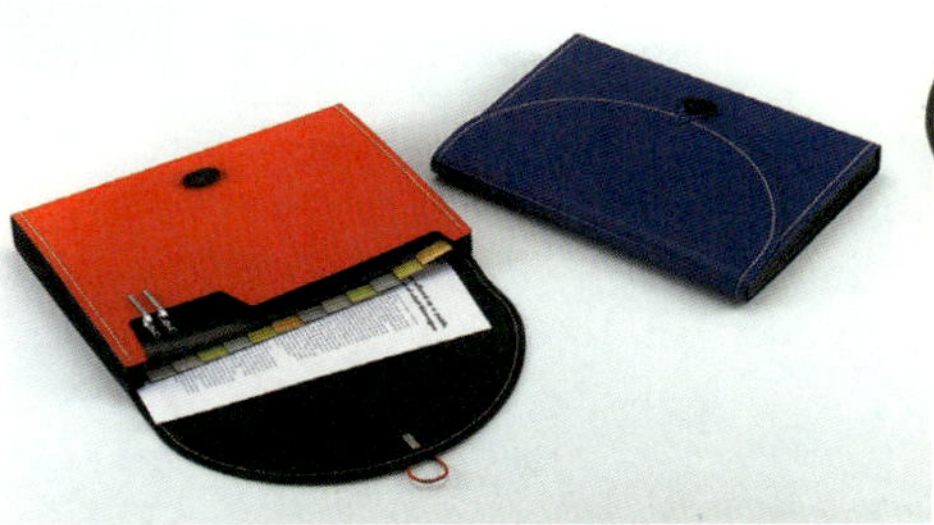

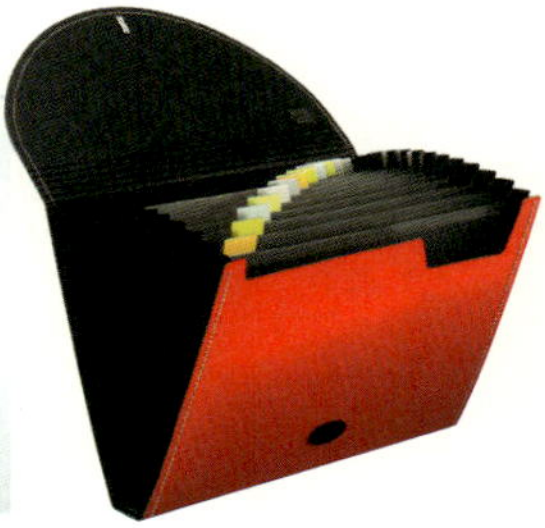

ドキュメントバッグ ワブ　発泡美人

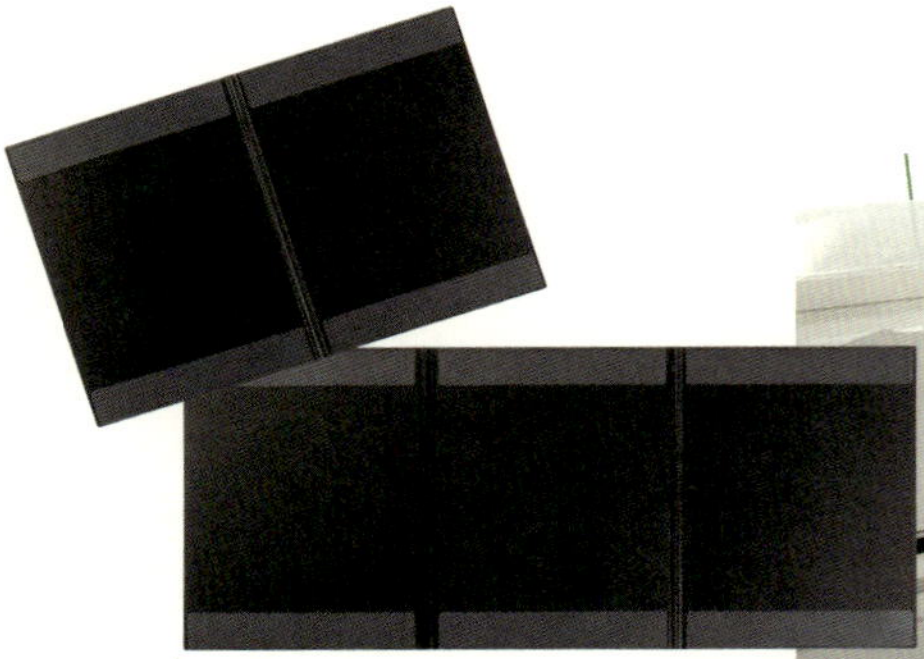

譜面隠し　発泡美人

2つの機能がついたら売れるのは、なんでやねん

商品開発のポイントとしては、２ＷＡＹというものがあります。常に進化、変化していく現代では、「ライフスタイルに合った応用力」というものが求められており、２ＷＡＹという機能が現代にマッチしています。他社製品を例にあげますと、シャープペンシルとボールペンが一緒になったゼブラの「シャーボ」や、ハサミの先にカッター機能がついたコクヨの「ハコアケ」などがあり、従来の物よりもお得感があり人気なのでしょう。

今年の夏発売の大人気商品、弊社のフィンランドデザインの「Finn」トートリュック」は、トートバッグでありながら、リュックに変身出来るという優れものです。シンプルなデザインなので、デイリーユースはもちろんのこと通勤、通学などでご使用いただいています。

なんと言っても、スーツ姿でネクタイを締めてリュックを持つ訳にはいかないですよね。その時には、颯爽とトートバッグとして使うのです。だけど、荷物が増えて重くて我慢出来なくなった時には、「いざリュック」に早変わりです。この変身ぶりが大好評なのです。

「トート」と「リュック」の2WAYの使い方ができる！
ヒットのフィンダッシュ　トートリュック

コンパクトにしたら売れるのは、なんでやねん

今年の夏、発売したFinn'のトートリュックに続いて、同じ材質とカラー、しかもFinn'ブランドでビズバッグ コンパクトとパックンリュックを発売いたしました。

ビズバッグは、A4ファイルがぴったり収まるサイズで、市販のバッグより少し小さめなのでとってもお洒落です。持ち歩く姿はスマートで軽快感が溢れます。13インチのノートパソコンも収容可能で、280グラムと軽量のため、思ったよりもずっとたくさんの小物や携帯ケーブルなどが収容出来ます。

パックンリュックは、名前の通り鞄の開口部がパックンと広がる今流行りのワイヤー入りの口金タイプです。こちらも出し入れがしやすく、中身がよく見えます。

先般発売したトートリュックの進化バージョンでもあります。トートリュックは男性向きに対して、パックンリュックはなで肩タイプなので、女性向と言ってもいいかもしれません。

いずれにしても、フィンランドデザインで大人のテイストが満喫出来る優れものです。

finn' FINLAND

ちょっと小さめ おしゃれなバッグ
クッション10mm厚
ふっかふかの取っ手で持ち運び快適

フィンダッシュ
ビズバッグ コンパクト

finn' FINLAND

大きく開いて、出し入れしやすい
フィンダッシュ パックンリュック

スティックのりを三角形にしたのは、なんでやねん

ちょうど5年前、弊社80周年の社員旅行でハワイに行った時のことです。オプショナルツアーでマウイ島に行き、昼食の時間に前に座った男女のペアが新婚旅行で来ていました。京都の清水焼の窯元の娘さんで、西川家の菩提寺が京都の北野天満宮の近くの西正寺ということもあり、話が弾みました。その時、文房具でなにかいいアイデアや困っていることがないかと尋ねたところ、「小さな包装紙の角をきっちり塗れるのりが欲しい」と即答で返ってきました。従来の丸型のスティックのりでは、角や隅々まで塗るのは難しいという意見を聞き、なるほどと思いました。日本への帰路途中、早速開発部員と相談し、点と線と面と角とを使い分け出来る形は三角形以外にないと大声をあげました。のりと言っても用途やシーンによって使い分けがされているようです。今はテープのりが簡単で主流になりつつありますが、廉価かつ学童の工作に使用されるのは糊が大事なんですね。あぁ、忘れていました。もっと大事なことは転がらないことです。

角まで塗れる

広い範囲は面で塗れる

細かい部分には線で塗れる

角と面で使い分けが出来る
デルタ三角のり（スティックタイプ）

ホワイトボードが持ち運び出来るのは、なんでやねん

会議室にはホワイトボードは欠かせないものですが、このたび発売の「ミーティングボード 発泡美人」は、いつでもどこでも会議が出来る、持ち運びに便利な折りたたみ式ホワイトボードです。Ａ４サイズなので、使わないときは本棚や鞄に収納可能。発泡ＰＰを使用しているので軽くて丈夫で、水にぬれても大丈夫です。もちろん、マグネット製品は何でも引っ付きます。両面スタンドタイプもあり、移動式サインボードとしても利用可能です。臨時の案内表示板にも早変わりです。

今まで、壁に貼るシールタイプのホワイトボードはありましたが、やはりファイルメーカーならではのアイデアで生まれたのが、「ミーティングボード 発泡美人」なのです。

屋外でのスポーツやクラブ活動で指導が出来る野外黒板としてや、学校などで合図や筆談に使用出来ることからも、大変好評をいただいております。また、飲食店では日替りメニューの表示など立てかけられるので、大変重宝がられています。

どこでもミーティングができる、折りたたんで持ち運べるホワイトボード

持ち運びができるホワイトボード

A4 サイズだから持ち運びラクラク♪バッグに、本棚に、簡単に収納できます。

ミーティングボード発泡美人

香取慎吾のスマステーションに紹介されたのは、なんでやねん

ここ数年、街で見かける鞄としてよく使われているのがリュックです。両手が使えるということや、自転車などに乗るときも非常に便利です。銀行員であっても、スーツ姿でリュックを背負っている姿にはびっくりします。

そこで考えたのが「アクティフ　5インデックスフォルダー　タテ」です。そう言えばランドセルも縦型、学童にもぴったりのA4サイズの縦型ファイルを思いつきました。しかもハーフ溶着なので、上半分がペラペラめくれるフォルダーになっており、バッグに入れたままでも書類の取り出しや閲覧が可能でとても便利になっています。

時代の流れから鞄が縦に変わったのに、横型ファイルしかなかったのは、なんでやねん、という思いつきから商品化に至りました。それがスマステーションでの紹介に繋がったのです。まさに、「バッグ・トゥ・ザ・フューチャー！」時代やファッションとともに文房具も変わるんですね。

アクティフ　5インデックスフォルダー〈タテ〉
ランドセルやタテ型バッグの書類整頓に最適

バッグに入れたまま書類の出し入れが可能

バッグに入れたまま出し入れが可能
放り込むだけの簡単ファイリング！
ランドセル対応で小学生にもおすすめ

カタログを屋外に出すと商売繁盛するのは、なんでやねん

室内用のカタログスタンドはいろいろありますが、屋外に置くときは雨が心配でした。しかし、弊社のカタログポストは、透明でふた付きなので雨にも強く、ペット製だからなにより軽いのです。用途に合わせて、あらゆる場所で使用出来るよう、2サイズ展開しており、「ご自由にお取りください」のシールや壁掛け用の結束バンドも2本付いており、簡単に設置いただけます。

飲食店など中を覗くのは恥ずかしく、でもメニューはちょっと見てみたいというお客様の気持ちに対して、お店側は、興味を持ってくれる見込み客を逃したくないというそんな両者のニーズを一気に解決するのがカタログポストです。

なにより、無人配布でコスト削減にもなり宣伝が出来る。商売繁盛まちがいなしです！

屋外用カタログポスト
お店の前にメニューやクーポンなどを
設置できます

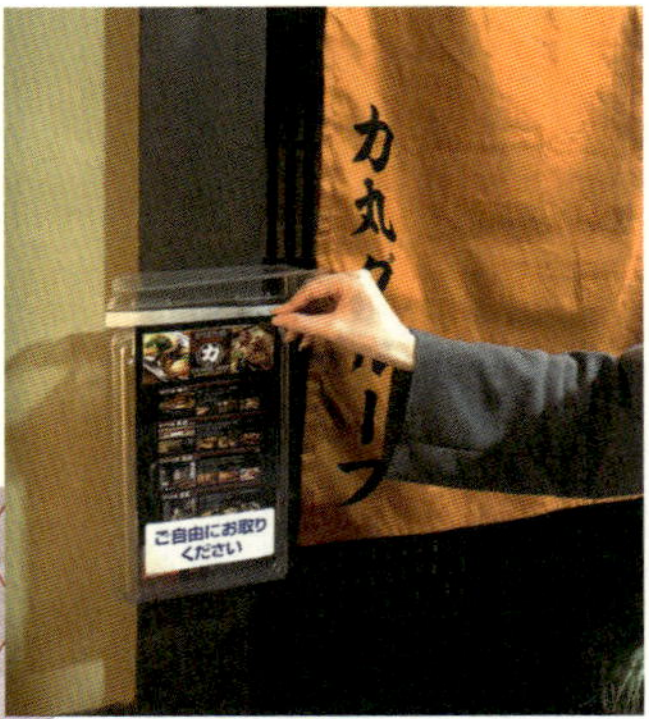

雨にも強く、すぐに取り出せる
屋外やお店入り口での宣伝用
パンフレットに最適です

駐車場や建設現場などさまざまな場所に設置できます

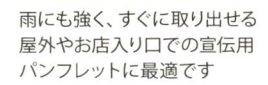

第7章

「なんでやねん」と考疑心を持てば、「志」が生まれ、全力疾走できるのは、なんでやねん

運は創るもの
性格は変われるものを実証して
来た我が人生、古希を迎え、さあ、
これからの「なんでやねん」に
乞うご期待！

東山雅風こと、西川雅夫創作の輪島塗ボールペン「雅風」が、G7の各首脳にお持ち帰りいただいたのは、なんでやねん

一昨年2016年5月26日に伊勢志摩でG7が開催されました。ちょうどその2カ月前、3月の末に5年前から手掛けていた輪島塗の筆記具をサミットで採用されると、皆驚くだろうなと思ったのがきっかけでした。4月1日のエイプリルフールには、大嘘をついて私の創作した輪島塗ボールペンが採用されそうだと言いふらしたのを覚えています。それが本当になるとは、まさにびっくりぽん！　幸運としか言いようがありません。もちろん私も志をたて、新たな手段を決意して外務省にお願いに行き、最終的には安倍首相が「この商品は別格だ」と選んでいただいたと聞き及んでいます。たしかに、大阪の尚美堂の江藤克二社長がこの雅風を見た途端、「この漆黒はすごい、まさに別格に値する」と、輪島塗の奥深さを象徴するものだとお褒めいただいたことに、またもや驚いた次第です。

きっかけは5年前、石川県を旅した時のことです。輪島塗の筆記具がないことを発見し、「なんでやねん」と思ったのがきっかけでした。尋ねると、輪島塗は素材が木でないと認められ

ないと言うのです、じゃあ木で作ってみようと、〝創作師・東山雅風〟と名乗り、木製のボールペンの製作に取りかかり、デザインの下絵にチャレンジし、その意匠をもとに、輪島塗の伝統工芸士である塗師や蒔絵師に仕上げをお願いした次第です。それまでは、材料にカーボンやプラスチック、ステンレスなどを使った蒔絵ボールペンはあったのですが、材料が木でないため、輪島塗とはどこにも表記されておりませんでした。そのことが、チャンスだったとも言えます。G7サミットの当日、テレビのニュースでオバマ氏をはじめ各主要国の要人が手にしているのを目の当たりにし、快哉の声を挙げたのは、私はもとより著者の会社の社員であったと思います。「殿ご乱心」が、「殿あっぱれ」に変わったのですから…

世界で唯一の被爆国日本が、核兵器禁止条約に賛成しないのは、なんでやねん

今年2017年の7月7日、核兵器禁止条約に、国連加盟国の約60%の122カ国が賛成したにも関わらず日本は不参加、9日に長崎市長が安倍首相に対して、核兵器禁止条約を批准すべく要求したことはご存知の通りです。単純に考えて、核兵器は地球を滅ぼす基となるものであり、このたびのICANがノーベル平和賞を受賞出来たのも、世界平和は人類共通の願いだからです。原子力発電においても、東日本大震災の結果がもたらしているように、プルトニウムの処理が科学的にまだ出来ない状況下にありながら、さらに推し進めるという現状を「なんでやねん」と考えなければなりません。

昨年、伊勢志摩サミット2016の帰りに当時のオバマ大統領が広島に立ち寄り、原爆慰霊碑を参拝されたことは歴史上大変有意義なことだったと思います。広島平和公園でのスピーチは、核廃絶と平和を願うことが述べられており、その後被爆者の背中をさすり、長年の想いを伝えられた行為は、われわれ日本人としてこの上ない心の安らぎを覚えたと思いま

す。世界で唯一の被爆国であり、核の恐ろしさと、核が長年にわたり与える影響を知っている日本人であるが故、未来永劫、絶対にあってはならない核戦争を、今こそ、世界に呼びかけ、隣国の北朝鮮をはじめこれから核を持とうとする国を断じて阻止せねばなりません。変な思惑が入っている玉石混交の核兵器禁止条約ではなく、被爆国としての日本が大声で世界に叫ぶことがとても大事なことだと思います。

安倍首相が、広島・長崎から世界へ呼びかけるのは大変効果のあることだと思いますが、それ以上にノーベル平和賞を受賞されたオバマ元大統領が広島に来られて、核兵器の絶滅を訴えていただきたいと思い、7月1日にオバマ閣下宛てに、「雅風ボールペン」の創作者東山雅風として手紙を書きました。内容は次ページの通りです。

Dear Excellency Obama

It is my first time to write a letter to you.
However, I have a connection with you through a Wajimanuri luxurious pen which was presented to leaders from the world including you at the G7 Ise-Shima Summit Japan in May 2016. I am Gafu Higashiyama, the designer of the pen.

I designed the illustration and craftmen carefully processed gold foil on a lacquer coated axis to complete the pen.

The Prime Minister Shinzo Abe selected the pen for the leaders attended to the G7 summit as it is superior and high class.

In the design of the pen, a rabbit is jumping toward the moon, I expressed my wish, world peace, reflecting the fact that each of the top leaders from seven countries look at the same moon from one' s own country, and the big ear of rabbit is the symbol that they try to listen to voices from powerless citizens.

We Japanese were encouraged by your speech at the Peace Park in Hiroshima, and were comforted by the scene in which you patted a bomb victim on the back and wrapped him in a warm embrace.

Your visit to Hiroshima as the president of the U.S.A. was truly meaningful, and we appreciate your action justified the status of a Nobel Prize winner for peace.

We, Japanese know the long-term impact of nuclear, as we are sole victim country of the atomic bomb. Therefore, we must preach everybody including the North Korea to implement the nuclear free world and prevent the new creation of nuclear weapon.

Therefore, we would like to invite Mr. Obama to Hiroshima again, and Nagasaki in this autumn 2017.

Autumn is another best season in Japan. Leaves such as Maple-like Momiji turns red and so beautiful. You will have a great impression from Itsukushima Shrine at Miyajima, another world heritage in Hiroshima and taste the baked oysters of Miyajima with your wife. If you can come with your wife, my friend, Shinya Yamanaka, a Nobel Prize winner for medicine on ips cells, will also welcome you.

We will cover all of your expenses. I will be appreciated if you can accept our invitation.

Please reply to the contact person, Mr. Shimazu, from SEKISEI.

July 1st 2017
Wajimanuri creator
Gafu Higashiyama

オバマ氏宛に送った手紙（原文）

親愛なるバラク・オバマ閣下殿

初めて、お手紙を書きます。と申し出ましても、全く貴方様と関わりがないと言うことではありません。実は、昨年の伊勢志摩サミットの会議で、各首脳の皆様がご使用になり、お持ち帰り頂いた日本の伝統工芸の「輪島塗ボールペン」をデザインしたのが、私、東山雅風だからです。私が創作デザインした絵柄を、漆の下地に金の蒔絵を伝統工芸師たちが、丹精込めて作り上げたボールペンであります。安倍首相が数ある中から、「これは別格であり、G7 の各首脳にお使い頂けるのにふさわしいボールペンだ。」と、選んで頂きました。ボールペン雅風のデザインの月は、各首脳が自国から見る月は、角度が違えども同じ月であり、月に向かって飛び立つうさぎの耳は、胴体より大きく、各国の民衆の声を聞き逃すまいと言う、私、東山雅風の創作者の意図が込められています。

昨年のオバマ閣下のアメリカ大統領としての広島訪問は、誠に意義深いものがあり、ノーベル平和賞を受賞された貴方様でないと誰も出来ないことを実行された事に、敬服と感謝を申し上げます。貴方の広島平和公園でのスピーチや、被爆者の方の背中をさすり、長年の想いを伝えられた行為は、我々日本人としてこの上ない心の安らぎ感を感じました。世界で唯一の被爆国であり、核の恐ろしさと、核が長年にわたり与える影響を知っている日本人であるが故、未来永劫、絶対にあってはならない核戦争を、今こそ、世界に呼びかけ、隣国の北朝鮮を始めこれから核を持とうとする国を断じて阻止せねばなりません。

日本の秋は誠に清々しく、メイプルより小さいもみじが紅葉して、とても過ごしやすい良い季節です。広島のもう一つの世界遺産である宮島の厳島神社、海に浮かぶ鳥居はまた、格別の印象を受けていただけるものと思います。奥様と、プライベートでお越しいただけるなら、私の友人のノーベル医学賞を受賞し、ips 細胞で有名な山中伸弥氏も歓迎しています。

どうか、オバマ閣下殿、本年秋頃にもう一度広島、そして長崎にお越しいただけないでしょうか。ハワイ生まれのアメリカ育ち、アメリカ前大統領、ノーベル平和賞受賞者の貴方、バラク・オバマ様、ぜひ、良いお返事をお待ち申し上げます。旅費や宿泊など、私や友人で、全てお任せいただければ、幸いに存じます。

2017 年 7 月 1 日輪島塗創作師
東山雅風

オバマ氏宛に送った手紙（日本語訳）

遅ればせながら、オバマオフィスより9月15日に基金集めのため奔走しており、予定がつかずと、お断りの返信をいただきました。

September 15, 2017

OFFICE OF BARACK OBAMA

Dear Gafu Higashiyama,

Thank you for your interest in including President Obama in your plans. Unfortunately, at this moment, President Obama has no plans to travel to Hiroshima in 2017. It will be best for you to plan your event as if President Obama will not attend. President Obama will be focusing on work for his foundation in the coming weeks and months, and although he will not be able to attend your event, he truly appreciates your invitation.

Again, thank you for reaching out and for your understanding. If you have any questions, please feel free to contact the Office of Barack Obama.

Sincerely,
The Scheduling Department
Office of Barack Obama
scheduling@obamaoffice44.org
www.barackobama.com

オバマ氏からの返信文書

Another world heritage in Hiroshima, Itsukushima Shrine at Miyajima

Mr.Obama, Hiroshima Again

World leaders at the G7used Wajima-nuri pen “GAFU”…

The Wajima-nuri Maki-e ball point pen“GAFU” designed by Masao Nishikawa, the chairperson of SEKISEI, a.k.a. HIGASHIYAMA GAFU, was handed to world top leaders at the G7 Ise-Shima Summit including Barack Obama.

Photo:From G7 Ise-Shima Summit Official Web Site

Rabbit, Muffy, designed for the pen for the G7 Ise-Shima Summit.

Wajima-nuri ball point pen “GAFU”

The design of “GAFU” pen that was handed to the leaders of seven countries participated in the G7 Ise-Shima Summit including Barack Obama, delivers the wish for world peace from the designer, HIGASHIYAMA GAFU. Anywhere on the planet, people see the same moon, and the rabbit ears bigger than its body is trying not to miss the voices from vulnerable people in the world.

Creator
HIGASHIYAMA GAFU

Artist name of Masao Nishikawa, the chairperson of SEKISEI.
Visiting Professor of Ashiya University.
Director of Osaka Design Center.
Director of Kansai Japan Finland Society.
(Chairperson: Sen Genshitsu, Japanese Tea Master of Urasenke Family.)
Being awarded the Ojuhosho (Medal with a Yellow Ribbon for industriousness), admitted at the royal palace in 2009.
In recent years, creates Wajima-nuri artworks.

オバマ氏に送付したカタログ

教育大附属天王寺小・中・高に感謝しているのは、なんでやねん

私は、大阪教育大学附属天王寺小・中・高と過ごしました。現在、教育大学附属天王寺小学校の同窓会「雛松会」の会長を、前任の銭高組の銭高一善会長より引き継いで早6年になります。本小学校は明治10年7月（１８８７年）に大阪府師範学校附属演習小学校として設立され、本年で創立１４０周年を迎えました。明治10年と言えば、西南の役で西郷隆盛が自決した年であり、いわばあらゆる点でわが母校は新政府が将来を託すべく設立した国家のモデル校でありました。西洋建築を取り入れた校舎、新時代を感じさせる制服は全国に数少ない雰囲気を醸し出し、将来の国のリーダーを育てる教育者を生み出す小学校として、大きな期待を一手に受けていたと思われます。その4年後の明治14年（１８９１年）に卒業生が集う同窓会として、雛松会が設立され本年で１３６年を迎えます。その間、歴史と伝統に培われた気品と、個性豊かな活動力、時代を生き抜くコミュニケーション力を携えた卒業生を国内外に向けて送り出し、現在約６０００人の方々がご健在で活躍されていらっしゃいます。

このたび、平成29年11月1日にグランキューブ大阪にて創立140周年式典が行われ、柳本朋子校長より将来に向かっての力強いスピーチがあり、「個が生きる」をモットーとする附属小の教育方針をさらに推し進め、真理を追究し、その本質を論理的に考え、物事を最後までやり通すことが出来る子供たちを輩出したいと述べられました。筆者も今年で古希を迎え、附属天王寺中・高の学年同窓会（けっさく会）に参加して驚いたことは、各自それぞれが将来に向かっての「俺の持論」を語りだしたことでした。人生70歳、まだまだはなたれ小僧を実感した次第です。

先輩には、大阪国際がんセンター（旧大阪府立成人病センター）名誉総長の堀正二氏が活躍しておられ、附属天王寺中・高の同窓会である青松同窓会の会長もされています。同窓にはメダカの宇宙育成で有名な東京大学教授の井尻憲一君や、大和ハウス工業の常務取締役の高井基次君、また後輩には、ノーベル医学賞を受賞した山中伸弥氏や、経済産業大臣の世耕弘成氏が活躍中であり、附属天王寺の交友関係の広がりに大変感謝しています。

世耕弘成氏と大臣室にて

山中伸弥氏と芳武努氏と著者

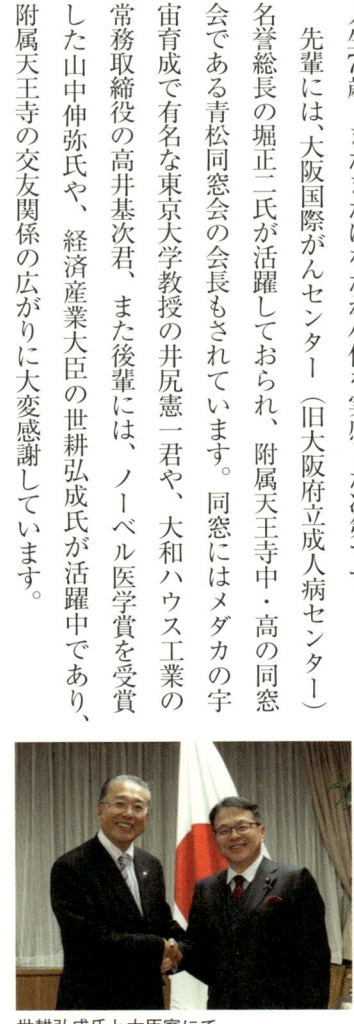

甲南大学アドバイザリーボードに選ばれたのは、なんでやねん

2019年、甲南大学は創立100周年を迎えます。1919年、創立者、平生釟三郎を中心とする関西実業家の間で創立に至りました。現在は、長坂悦敬学長のもとに人格の修養と健康の増進を重んじ、個性を尊重して各人天職の特性を伸張させるという理念に基づき、国際都市神戸に自由で洗練されたコミュニケーション力のある学生を社会に送り出すことに注力されています。さらに、圧倒的な教育力により、人物教育のクオリティリーダーと呼ばれる大学になることをモットーにされています。

本年2017年は、甲南大学同窓会設立60周年記念祭が、10月15日に新しく建設されたKONAN INFINITY COMMONS（iCommons アイコモンズ）で盛大に行われました。このiCommons は多目的オープンスペース（Agora）という1300席を超える学生食堂「Hirao Hall」をはじめとして、人と人をつなぐ多彩なスペースを備えており、KONAN Higher Quality 教育を目指す新たな拠点となっています。

同窓会会長の立野純三氏からも大学設立100周年に向かって、同窓生の力強い協力のお願いがあり、甲南大卒の方々が国内外での活躍ぶりに感銘を受けているとの言葉がありました。大阪甲南会の前会長である小林製薬の小林豊副会長は、100周年に向かって20億円を目標に記念事業募金委員長をされており、新しい校舎などの建設に全力で応援されています。

長坂学長のもとに、昨年より「アドバイザリーボード」という今後の大学の方向付けを参考にする諮問機関が創設され、モロゾフの山口信二社長や、リオデジャネイロ五輪誘致の時にすばらしいスピーチをされ、見事東京オリンピックに導かれたミズノの元会長水野正人氏など甲南大卒の関西経済人十数名で構

Konanjin

ヒット商品の数々は「なんでやねん」の精神から誕生した

セキセイ株式会社 代表取締役会長／楠島塗 創作師
西川 雅夫さん(68)
1971年経営学部経営学科卒業

ユニークな発想の原点は大学時代に培われた

楠島塗の魅力に触れ、商品化を決意 その"逸品"は各国首脳の手元へ

日本の未来を担う人材を育てるため、いま思うこと

成されており、私もそのメンバーに参画させていただいています。関西の中でも、大企業就職率は一番であり、諸先輩の各企業での活躍が歴史を物語っていると思います。

甲南大の学生は、コミュニケーション力に秀でており、自分というものの自覚が人一倍優れており、世渡術には長けていると思います。常に奢らず、相手のことも親身になって考えられる心の広さを持っており、私の座右の銘である「寛仁厚徳」はそんなところから生まれたのかもしれません。「モノからコト」に移り変わろうとしている現代、また幸せの価値観が変わろうとしている今こそ、甲南の校風そのものが現代社会にかけがえのないものであり、必要とされていると確信いたします。

ミズノ(株)元会長水野正人氏とニュービジネス協議会にて

同窓会設立60周年で「Finn'」PRをする著者

甲南大学同窓会会長 立野純三氏

同前会長 小林製薬副会長小林豊氏と甲南iコモンズにて

エピローグ

トラ金戦争（トランプ×金正恩）があわや勃発しそうな状況下にあり、戦後72年を迎えた日本の現状はまさに、大きなターニングポイントを迎えていると思います。２０１３年4月27日に、ようやく制空権、電波権、国防権をアメリカから変換されたことは、周知の事実だと思いますが、自由経済圏では世界第二位の経済力を誇るわが国日本の、今ひとたび立ち止まり、今後の歩むべき道を自ら考える時期に来ているように思われます。戦後、ＧＨＱの占領下において、日本政府とのどのような契約や密約があったかはわかりませんが、沖縄返還後45年を迎えた本年２０１７年現在、今だに返還されていないものがたくさんあるのは「なんでやねん」と思わざるを得ません。超高齢化社会を迎え、戦争経験者が少なくなっていく今、戦後まもなく日本政府と交わされた不平等な国家間契約を、いかに解除していくかが最も重要なことであり、ドイツ、イタリアなど敗戦国がどのような経過をたどりながら、国家独自のイニシアティブを取り戻していったかを学び参考にすることが大切だと思います。そのためには、コミュニケーション力と交渉力を備えた優秀な人材を必要としており、言い換えれば論理的に考え交渉出来る能力を養成する機関や施設づくりが必要だと思います。センター試験も２０２０年になくなり、新たな論文形式の試験が増えると聞いておりますが、今の教育の憲法、いわゆる教育基本法は占領当時下に憲法とセットで作られた法律であるために、公共心や日本の伝統を軽視しすぎているように思われます。さらに、平成に入ってからの「ゆとり教育」は、果たして人間形成に役立ったのでしょうか。子供達に本当に必要なものは何なのか。今の公立小学校でどんな教育が行われているのか、いま一度考えなければいけないように思われます。「三つ子の魂百まで」ということわざがありますが、人間の脳細胞がほぼ完成に近づくのは3歳まで、そして、10歳くらいまでには人格がほぼ形成されると言われています。教育という立場から考えるならば、小学校教育という最も大切な点に、いま一度その教師となる人材の本質を問わなければならないと思います。コミュニケーション力と交渉力を教育出来る機関の充実が、まさに日本の将来を変える根本であると言っても過言ではないでしょう。最後に、このたびの『超なんでやねん』の出版にあたりましては、私が副理事長を仰せつかっております、内閣府承認のＮＰＯ法人ジャパンメディカルケアアソシエーションの事務局長鳥居和久氏には、特にメディカル編において多大なる情報を提供していただきましたことに感謝申し上げます。また、書肆侃侃房の編集・発行人・田島安江様には編集に際しまして、たいへんご尽力をいただきましたことに重ねてお礼申し上げます。

本書の出版により「なんでやねん」の発想が、商品開発のヒントになったり、なんとなく過ごしていた日常生活の活性化や、ひいては、教育、医療、福祉の改善に、少しでもお役に立つことが出来れば望外の喜びです。

二〇一七年十月吉日

■著者プロフィール

西川　雅夫（にしかわ・まさお）

セキセイ株式会社　代表取締役会長　昭和23年12月5日大阪生まれ。ウォルト・ディズニー氏と誕生日が同じ。大阪教育大学附属天王寺小・中・高等学校を経て、昭和46年、甲南大学経営学部経営学科を卒業。同年、現大阪リコーに入社。

昭和47年セキセイ株式会社に入社。昭和48年に取締役、昭和54年に副社長を経て、昭和60年に社長に就任。商品開発に実力を発揮し、ポケット式カケルアルバムをはじめ、縦置きファイルのシスボックス、透明ファイルなど、さまざまな新しいタイプの文房具を自ら考案し開発してきた。（一社）全日本文具協会理事、大阪紙製品工業会副会長、大阪ファイル・バインダー協会会長などを務める。平成19年5月には太田府知事より大阪府産業功労者表彰を受ける。平成21年春には黄綬褒章を受章。天皇陛下に拝謁の栄を賜る。平成23年4月には大阪教育大学附属天王寺小学校同窓会「雛松会」会長に就任。平成24年には（一財）大阪デザインセンター理事、（一社）大阪府経営合理化協会会長に就任。平成25年セキセイ株式会社代表取締役会長に就任。平成26年、「東山雅風」の名で輪島塗創作師として活動。平成27年関西・日本フィンランド協会理事に就任。平

グランドキャニオンにて　2011.6

フィンランド　ヘルシンキにて　2017.10

成28年には芦屋大学客員教授に就任。伊勢志摩サミット2016にて「雅風ボールペン」が採用。バラク・オバマ氏をはじめ各国首脳にお持ち帰りいただく。平成29年『なんでやねん』『新なんでやねん』に続き、『超なんでやねん』を発刊。

趣味はヨット〈関西ヨットクラブ会員〉、ゴルフ、ピアノ、絵画。好きな言葉は「心は行動なり」。座右の銘は「寛仁厚徳」。

一般社団法人 大阪府経営合理化協会
感謝状（2012 ～ 2016 第 13 代会長就任）

G7 伊勢志摩サミットにて採用された兎
AX-8804

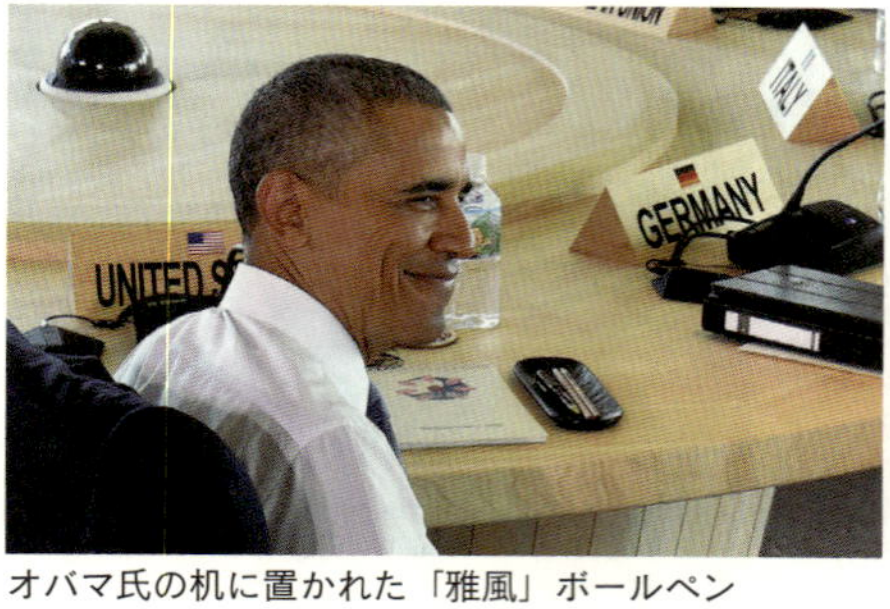

オバマ氏の机に置かれた「雅風」ボールペン
写真：G7 伊勢志摩サミット公式 HP より　2016.5

輪島塗創作師　東山雅風

■セキセイ株式会社

　セキセイ株式会社は、昭和7年現会長西川雅夫の父、西川誠一郎が創業、会社組織としてセキセイ文具株式会社となったのが昭和24年である。

　西川家は、江戸中期に京都の白木屋清兵衛の子小八が相続を起こし、西川惣兵衛を名乗って以来、7代150年にわたり「下村大丸」（後の株式会社大丸）に別家として仕えたのである。

　明治41年に株式合資会社大丸呉服店を組織し下村家と経営を分離、これに伴い別家制度も廃止され株主となった。7代目清次郎が東京から京都に戻り、明治44年河原町丸太町下ルで文具小売店「太陽堂」を創業。ところが間もなく清次郎は幼い誠一郎を残して他界、その後母親ステに育てられた長男誠一郎は京都二商を卒業後、大阪の文具卸商奥村元七商店に入り、昭和7年に文具卸商として独立創業している。

　昭和10年に現在のセキセイのもとになるセキセイ

商標にセキセイインコを採用

西川家は京都出身。初代より大丸呉服店に別家として務め、7代目清次郎が文具小売商「太陽堂」を京都で始める

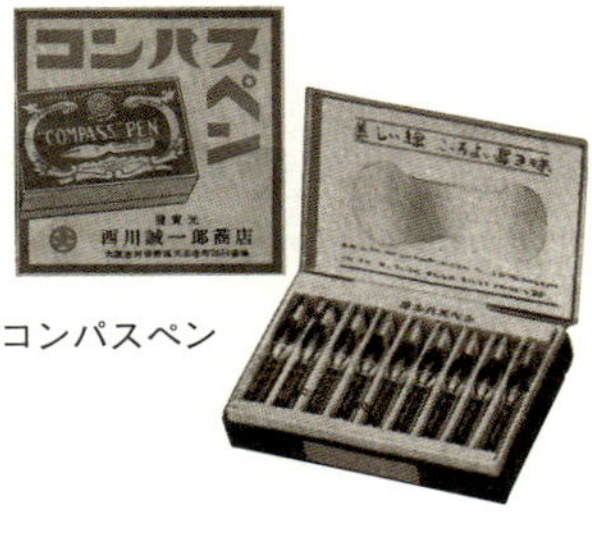

コンパスペン

インコの商標を採用。誰からも愛される二羽のセキセイインコが枝にとまっているマークを使用した。戦後ファイル、バインダーのメーカーとして再出発し、官公需要を中心に綴り込み表紙や用箋ばさみなどを手掛ける。昭和34年には現社名セキセイ株式会社と改め、事務用紙製品などの製造を拡充した。昭和41年にはSのマークの社章を制定、さらに昭和60年には新社章をsediaに制定し、セディアブランドを積極的に展開、現在に至っている。昭和47年1月に西川雅夫が入社、官需から民需への転換を図りポケット式カケルアルバムを発売。さらに昭和60年にはボックス式ファイルのシスボックスを発売し、ファイル、バインダーの開発やクリヤーホルダーやファイルケースなど数々のオフィスステーショナリーを中心に矢継ぎ早に新製品を発表した。平成13年には画期的な収納ボックス、まるごとボックスをはじめ、世界初のリバーシブル三層発泡PPを用いたファイルを発売。また最近ではスクラップブッキングなどアルバムを中心としたデジカメ時代に対応した

CIに基づき新社章をsediaと改定

「大阪ものづくり優良企業賞」表彰状
2010.1

「関西IT百撰優秀賞」表彰状　2011.2

経営合理化大賞「フジサンケイビジネスアイ賞」表彰状　2010.5

写真集作りなどを提案し好評を得ている。

平成12年にISO9001認証取得、平成17年に一般酒類小売業免許を取得、また平成18年には、ぬいぐるみとお菓子にメッセージを付けてお届けするキャンディグラムというニュービジネスをスタートし、それに伴い特定信書便事業3号役務の認可を受ける。またプライバシーマーク認証を取得し、セキュリティー商品シスロックの発売にいたる。平成19年にはシスロックポストインを発売、TV・CMを放映、4月よりイギリスのキンロック・アンダーソンとの提携、高級ブランドとしてステーショナリーをも展開。さらにセキセイ株式会社にとって創業75周年にあたり、先代西川誠一郎社長の生誕100年でもあり、創業75周年記念行事、西川誠一郎生誕100年祭を開催した。

平成21年5月には西川雅夫が業界を通じての社会貢献が認められ黄綬褒章を受章。皇居（豊明殿）へ参内のうえ天皇陛下に拝謁の栄を賜る。

平成22年1月には橋下府知事より「大阪ものづく

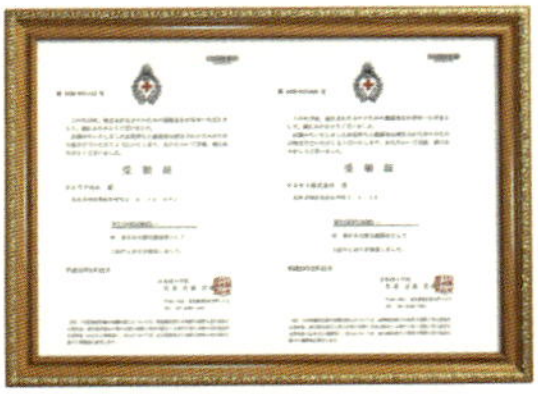

日本赤十字社を通じて被災地に支援
2011.3

NPO 法人ジャパンデンタルミッションを通じてヴァヌアツ共和国政府より感謝状　2010.3

西川誠一郎生誕 100 年感謝祭　2007.12

り優良企業賞２００９」を受賞した。同年5月、「なんでやねん」精神と販売先との共存共栄による事業拡大が評価され第3回経営合理化大賞の「フジサンケイビジネスアイ賞」を受賞。平成23年2月には「関西ＩＴ百撰」優秀企業賞を受賞、ＩＴ百撰フォーラムで西川社長がＩＴ活用事例を発表した。

平成24年は創業80周年にあたり、各種キャンペーンなど数多い周年行事を実施した。

創業80周年にあたり、55周年、65周年に続き、3度目のハワイ研修社員旅行を実施。ペニンシュラのアニマルスタンドが文紙 MESSE 新製品人気コンテストのデザイン部門において最優秀賞を受賞。

平成25年、発泡美人クリップファイル（エクセレント）が公益財団法人日本デザイン振興会のグッドデザイン賞を受賞。代表取締役会長に西川雅夫、取締役社長に芝本一夫が就任。

平成26年フィンダッシュ「Finn」の商標を日本ならびにフィンランド国内において商標権取得。フィンダッシュ全国展開のための陳列コンテストを実施。

3 度目のハワイ社員旅行（創業 80 周年記念）
2012.7

賞状
最優秀賞
デザイン部門
ペニンシュラアニマルスタンド
セキセイ株式会社殿
文紙MESSE協議会主催の
新製品人気コンテストに出品
されたあなたの作品は特に
優秀と認められたのでこれを
賞します
平成24年8月8日
財団法人大阪デザインセンター
理事長 越田英喜

ペニンシュラ アニマルスタンド
「文紙 MESSE 新製品人気コンテスト」
デザイン部門最優秀賞を受賞　2012.8

平成28年伊勢志摩サミットに会長西川雅夫こと、東山雅風がデザインした輪島塗ボールペン「雅風」が採用され、7ヵ国の要人がお持ち帰りいただいた。前社長 芝本一夫が古希を迎えて退任し、その後継者として上田精康が取締役社長に就任。人事の刷新をはかる。

平成29年創業85周年記念祝賀会を、7月5日にインターコンチネンタルホテル東京ベイにて、セディアセレブレーションに合わせて開催し、多数の業界関連ならびに経済界の方々が来場した。12月5日、代表取締役会長の西川雅夫の誕生日にちなみ、古希のお祝いと本書『超なんでやねん』の出版記念パーティーを帝国ホテル大阪にて予定している。

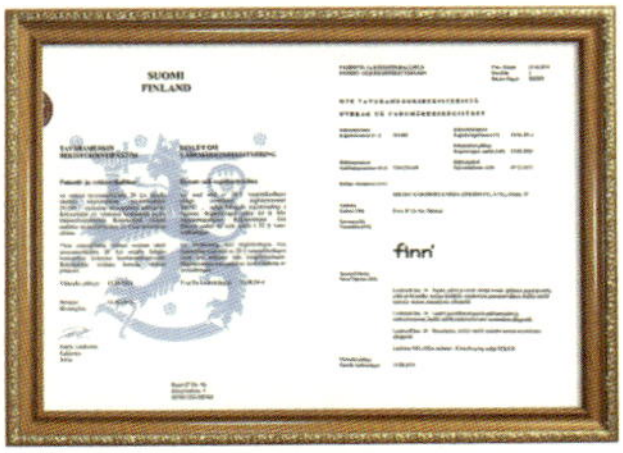

フィンダッシュ Finn'
フィンランドにて商標権取得

クリップファイル〈エクセレント〉発泡美人
2013年度グッドデザイン賞を受賞

輪島塗　中国にて商標権取得

■セキセイ創業85周年　セディアセレブレーション

2017年7月5日、インターコンチネンタル東京ベイにおいて、セキセイ創業85周年「sedia selection summer 2017」が開催された。今回は創業85周年ということで、通例のセディアセレクションと新たに東山雅風展を併催、1部ランチセレブレーションが12：00～、2部サンセットセレブレーションが17：00～の2部制で行われた。

1部は業界関係者、2部は西川会長の友人知人を中心に幅広く多方面からも来場があった。まず1部は、菅生新氏（俳優菅田将暉の父君）の司会で、「出会い・ふれあい・語り合い」というテーマのもとにビデオ放映があり、西川会長より長年のお取引に関して感謝の辞が述べられた後、各自自己紹介の形式を取り、上田社長、吉田専務、西川常務（西日本営業

本部長）、木村常務（SCM本部商品本部長）の紹介に続き、取締役の酒井首都圏営業本部長、同じく杉山東京生産本部部長、さらに、執行役員真野開発部長、山野新規開拓部長、三田IT部長からそれぞれ一言ずつ挨拶があった。その後、西川会長より各自が開発した商品のパネルをもって演台に上がった社員を開発のいきさつや、各自のキャラクターなどユーモアを交えて紹介、さらに、おかげさまで創業85周年を迎え業績も順調に伸びているのは、メーカーである以上開発商品が最も社業を左右するものであり、現在大変社員に恵まれていることに深く感謝し、感慨無量であるとの熱い言葉があった。その後、東京エコール政木藤二郎社長より、セキセイ創業85周年の歴史は、西川家の250年の歴史の上にあり、100周年に向かって盤石な態勢で臨んでおられることに敬意を表するとの挨拶があり、乾杯のご発声で盛大にヴァイオリンの

東京エコール政木社長

音色とともにランチセレブレーションがスタートした。

2部においても、同じく菅生新氏の司会で、セキセイ創業85周年のビデオ上映の後、西川会長より「モノからコトに移り行く現代、幸せの価値観の変化にいち早く気付くことが大事であり、来る新元号時代に大きな期待を持っている」との挨拶があった。続いて、フィンランド大使 ユッカ・シウコサーリ氏から「ピュア」「シンプル」「自然」をモチーフにするフィンランドデザインを採用された、創業85周年を迎えたセキセイの未来に大きな期待をしており、さらにデザインの交流を推し進めることに力を惜しまないという挨拶があった。続いて、アパホテル元谷芙美子社長より「伝統は革新である」との乾杯で、夕焼けのレインボーブリッジを見ながらシャンパンで乾杯し、暮れ行く空を見つめながらヴァイオリンの音色とともに参加者からの祝福を受けた。

フィンランド大使　ユッカ・シウコサーリ氏

結びに、上田社長より100周年に向かってホップ・ステップ・ジャンプと5年刻みの計画を立て、まずは最初の「ホップ5年」を全力投球で邁進する所存ゆえ、皆様からのご支援ご協力をお願いした。

アパホテル元谷社長

西川会長の創作した輪島塗ボールペン「雅風」の記事
が掲載されたアパホテルの PR 誌 Apple Town 8 月号

西川会長

金澤理事長と大阪チーム文協

上田社長、吉田専務、西川常務

ビックカメラ宮嶋社長と元谷社長

■黄綬褒章受章

平成21年5月19日に、春の叙勲に際して黄綬褒章受章の栄誉受章に浴し、皇居（豊明殿）へ参内のうえ天皇陛下に拝謁の栄を賜りました。

天皇陛下拝謁の前に、東京・芝公園の東京プリンスホテルで経済産業省主催の伝達式が行われ、晴れの栄誉に浴しました。

このたびの黄綬褒章受章は、新製品開発に力を注いで、新しいタイプの文具を自ら考案して次々と市場に送りだしたこと、業界団体においては、全日本紙製品工業組合（全紙工）を通じて環境リサイクル問題や古紙再生紙利用、間伐材などの推進に努めたこと、また大阪ファイルバインダー協会の会長としてファイルの規格統一・呼称統一にも貢献したことなどの功績が認められたものであります。

黄綬褒章

春の褒章伝達式

皇居にて　2009.5

■主要参考文献

似鳥昭雄『運は創るもの』（私の履歴書）日本経済新聞出版社
似鳥昭雄『ニトリ 成功の5原則』朝日新聞出版
ランデル・カーロック、ジョン・ワード『ファミリービジネス 最良の法則』ファーストプレス
大井幸子『円消滅』ビジネス社
加藤有治『日本買い 外資系M&Aの真実』日本経済新聞出版社
喜多俊之『デザインの力』日本経済新聞出版社
矢部宏治『知ってはいけない隠された日本支配の構造』講談社現代新書
本山美彦『姿なき占領』ビジネス社
笹川能考『笹川流』竹書房
堀場雅夫『人の話なんか聞くな！』ダイヤモンド社
竹内一郎『人は見た目が9割』新潮新書
辛坊治郎『日本の恐ろしい真実』角川ＳＳＣ
三浦展『シンプル族の反乱』ＫＫベストセラーズ
末吉里花『はじめてのエシカル』山川出版社
東山魁夷『東山魁夷 Art Album 第二巻 森と湖の国への旅』講談社
福田誠治『フィンランドはもう「学力」の先を行っている 人生につながるコンピテンス・ベースの教育』亜紀書房
フィンランド外務省『未来へようこそ Suomi Finland - 1917 - 2017 - 2117 -』
河合隼雄他『やさしいフィンランド SUOMI/FINLAND ―子どものための小百科―』日本・フィンランド文化交流実行委員会
北川達夫&フィンランド・メソッド普及会『図解 フィンランド・メソッド入門』経済界

超なんでやねん

二〇一七年十二月五日　第一版第一刷発行

著者　西川 雅夫
発行者　田島 安江
発行所　株式会社 書肆侃侃房（しょしかんかんぼう）
〒八一〇-〇〇四一
福岡市中央区大名二-八-十八-五〇一
電話　〇九二-七三五-二八〇二
FAX　〇九二-七三五-二七九二
http://www.kankanbou.com
info@kankanbou.com

ブックデザイン　前原デザイン室
編集　瀬川恭子（書肆侃侃房）
DTP　園田直樹（書肆侃侃房）
印刷／製本　アロー印刷株式会社／篠原製本株式会社

ISBN978-4-86385-286-0 C0036
日本音楽著作権協会（出）許諾第 1712554-701 号